Petites comédies

Anthologie

LE DOSSIER

Cinq comédies courtes : de Molière à Dubillard

L'ENQUÊTE

Dans les coulisses des théâtres

Notes, dossier et enquête
Caroline Schneeberg
Certifiée de lettres modernes

Collection dirigée par
Bertrand Louët

Hatier

Sommaire

OUVERTURE

ISBN : 978-2-218-96311-7

Petites comédies

Qui sont les personnages ?

La Jalousie du Barbouillé

LE BARBOUILLÉ
Le mari. Paysan aux manières rustres, brutal et jaloux. Il a épousé une femme plus jeune, d'une condition supérieure à la sienne et il la surveille de près.

ANGÉLIQUE
L'épouse. Rusée et insolente, elle prend plaisir à humilier son mari et se venge ainsi d'être mal mariée.

LE DOCTEUR
Personnage faussement savant et vaniteux à l'extrême, il passe son temps à discourir et à se faire valoir.

Un beau rôle !

LE PÈRE
Comédien en fin de carrière, il n'a joué que des rôles de figurant ; il est très fier de son fils.

LE FILS
Il aspire à devenir comédien. Il respecte à l'extrême ses parents.

LA MÈRE
Elle encourage son fils et lui voue un amour aveugle.

Un mot pour un autre

MADAME DE PERLEMINOUZE

Bonne mère de famille, elle sait rester maîtresse de ses sentiments...

MONSIEUR DE PERLEMINOUZE

Politicien qui multiplie les conquêtes féminines et les infidélités.

MADAME

Femme du monde, elle sait se sortir d'une situation embarrassante.

Tête-à-queue ou à chacun son témoignage

L'AGENT DE POLICE

À la suite d'un accident, il interroge trois témoins avec l'envie d'en finir au plus vite...

LES TROIS TÉMOINS

L'ouvrier. Passionné d'automobiles, il s'exprime dans un langage populaire et imagé.

Le bourgeois. Victime de l'accident, il critique tout.

Le dandy. Amateur de chevaux, il a des manières et un langage snobs.

La Leçon de piano

DEUX

Deux est professeur de piano. Il est doté d'une grande patience, jusqu'à un certain point cependant.

UN

Un est un élève, particulièrement peu doué...

Quelles sont les histoires ?

Les circonstances

Ces comédies se déroulent dans des lieux variés : à l'extérieur, devant la maison d'un paysan cossu, ou dans une rue de Paris ; à l'intérieur, dans un salon mondain, sur une scène de théâtre ou devant un piano. Si *La Jalousie du Barbouillé* nous renvoie dans les années 1660, les autres textes se situent au XXe siècle.

L'action

1. *La Jalousie du Barbouillé*
Le Barbouillé a des doutes sur la fidélité de sa femme. Un soir, alors qu'Angélique s'est rendue à un bal, il lui ferme la porte du logis. À son retour, elle le supplie, jusqu'à feindre de se donner la mort. Déconcerté, Le Barbouillé sort et se retrouve à son tour à la porte…

2. *Un beau rôle !*
Un jeune comédien décroche le rôle du général Cambronne ; il n'a qu'un mot à dire, celui que Cambronne aurait répondu au général anglais après Waterloo. Mais le jour de la première, le comédien jouant le rôle du général anglais est malade et c'est le père du jeune homme qui reprend le rôle au pied levé…

3. *Un mot pour un autre*
Madame et Madame de Perleminouze discutent dans un salon. Lorsque Monsieur de Perleminouze arrive, son épouse comprend qu'il est l'amant de Madame. Les deux femmes, ayant chacune quelque chose à lui reprocher, se liguent contre lui...

4. *Tête-à-queue ou à chacun son témoignage*
Un accident de voiture s'est produit à Paris : en voulant éviter un chien qui traversait la rue, une Mercedes qui roulait à vive allure a dérapé et embouti une 4 CV en stationnement. Un agent recueille les témoignages de trois personnes avant de faire un bien étrange rapport...

5. *La Leçon de piano*
Un joue un « ré » au lieu d'un « do ». Il en est à sa quinzième leçon de piano. Deux, son professeur, essaie de lui expliquer où se trouvent les « do » sur le clavier.

Le but

Ces cinq pièces ont pour but de divertir et de faire rire le public en jouant sur les situations, les caractères, le langage et les gestes.

Qui sont les auteurs ?

Jean-Baptiste Poquelin, dit Molière (1622-1673)

Molière connaît des débuts difficiles : la faillite de l'Illustre Théâtre, troupe qu'il a fondée en 1643 à Paris avec d'autres comédiens, l'oblige à partir en province. Pendant une dizaine d'années, c'est sur les routes de France qu'il exerce ses talents d'homme de théâtre : à la fois auteur, directeur de troupe et comédien. Il revient à Paris en 1658, où il connaît enfin le succès avec *Les Précieuses ridicules* (1659) et gagne la protection du roi Louis XIV. La date de création de *La Jalousie du Barbouillé* est incertaine ; peut-être la farce date-t-elle de l'époque où Molière était en tournée en province. On sait qu'elle a été jouée plusieurs fois entre décembre 1660 et septembre 1664.
Molière a écrit de très nombreuses farces et comédies. Il y dépeint la nature humaine sous ses multiples aspects et en dénonce les travers par le rire.

Pierre-Henri Cami (1884-1958)

Humoriste français, Cami a eu un grand succès entre 1910 et 1930. Il a exercé divers métiers : comédien, journaliste, illustrateur, caricaturiste. C'est pour *Le Petit Corbillard illustré*, journal des pompes funèbres, qu'il commence à écrire. Mais dès 1912, il est sollicité par d'autres rédactions. On lui doit des personnages burlesques, tels que Loufock-Holmes ou César Rikiki, ainsi que des pastiches de textes célèbres, comme *Le Fils des trois mousquetaires* ou *Le Petit Chaperon vert*. Au rang de ses admirateurs, on compte Jacques Prévert, Roland Topor et Charlie Chaplin qui le considérait comme le plus grand humoriste du monde.

Jean Tardieu (1903-1995)

D'abord rédacteur pour la revue professionnelle *Toute l'édition*, Jean Tardieu rejoint la Résistance pendant la guerre puis entre, à la Libération, à la Radiodiffusion française. Dans les années 1950, il compose des pièces en un acte dans lesquelles il se livre à une réflexion sur le langage. Poète, essayiste, dramaturge, traducteur, critique d'art, il a côtoyé les grands artistes de son époque (Max Ernst, René Char, Francis Ponge...). Plus qu'au sujet lui-même, Tardieu s'intéresse aux situations, au langage et aux conventions théâtrales dont il démonte les mécanismes.

Raymond Devos (1922-2006)

Ayant dû arrêter ses études à 13 ans, c'est en autodidacte que Raymond Devos complète sa culture et apprend à jouer de plusieurs instruments. En 1943, il est déporté en Allemagne pour le travail obligatoire. Après la guerre, il prend des cours d'art dramatique et joue dans plusieurs pièces avant de monter un numéro burlesque et des parodies. Il commence à écrire des sketches en 1956 (*Caen*, *La mer démontée*, *Le pied*...) et rencontre un grand succès. Tour à tour mime, diseur, poète, jongleur, musicien, il joue avec le langage et démonte l'absurdité de certaines situations de la vie quotidienne (*Sens interdits*, *Tête à queue*...).

Roland Dubillard (né en 1923)

Licencié de philosophie, Roland Dubillard devient comédien. En 1953, il commence à écrire des sketches pour la radio qu'il interprète avec Claude Piéplu. Ces dialogues deviendront au théâtre *Les Diablogues* (1975) et seront repris en 2008 par Jacques Gamblin et François Morel au Théâtre du Rond-Point. Il écrit en 1961 *Naïves hirondelles*. Il joue aussi dans plusieurs films. Chez Dubillard, le maniement du langage provoque malentendus et catastrophes.

Petites comédies

La Jalousie du Barbouillé

LES PERSONNAGES

LE BARBOUILLÉ, *mari d'Angélique.*

LE DOCTEUR.

ANGÉLIQUE, *fille de Gorgibus.*

VALÈRE, *amant d'Angélique.*

CATHAU, *suivante d'Angélique.*

GORGIBUS, *père d'Angélique.*

VILLEBREQUIN.

Isabelle Florido et Xavier Gallais dans La Jalousie du Barbouillé *de Molière, mise en scène de Rafael Bianciotto et Benoît Lavigne. Paris, Théâtre Le Lucernaire, 1999.*

SCÈNE 1 – LE BARBOUILLÉ

Il faut avouer que je suis le plus malheureux de tous les hommes. J'ai une femme qui me fait enrager : au lieu de me donner du soulagement et de faire les choses à mon souhait, elle me fait donner au diable[1] vingt fois par jour ; au lieu de se tenir à la maison, elle aime la promenade, la bonne chère[2], et fréquente je ne sais quelle sorte de gens. Ah ! pauvre Barbouillé●, que tu es misérable ! Il faut pourtant la punir. Si je la tuais... L'invention ne vaut rien, car tu serais pendu. Si tu la faisais mettre en prison... La carogne[3] en sortirait avec son passe-partout. Que diable faire donc ? Mais voilà Monsieur le Docteur qui passe par ici : il faut que je lui demande un bon conseil sur ce que je dois faire.

SCÈNE 2 – LE DOCTEUR, LE BARBOUILLÉ

LE BARBOUILLÉ. – Je m'en allais vous chercher pour vous faire une prière sur une chose qui m'est d'importance.

LE DOCTEUR. – Il faut que tu sois bien mal appris, bien lourdaud, et bien mal morigéné[4], mon ami, puisque tu m'abordes sans ôter ton chapeau, sans observer *rationem loci, temporis et personae*[5]. Quoi ? débuter d'abord par un discours mal digéré, au lieu de

1. **Elle me fait donner au diable** : elle m'impose des choses difficiles.
2. **Bonne chère** : bonne nourriture.
3. **Carogne** : charogne (injure).
4. **Mal morigéné** : mal éduqué.
5. ***Rationem loci, temporis et personae*** : mots latins signifiant « ce qui convient raisonnablement au temps, au lieu et à la personne ».

● **Le mot *barbouillé* désignait une personne ridicule et déraisonnable ayant des idées confuses. C'est ici le nom propre du personnage principal dont l'attitude et les paroles montrent qu'il porte bien son nom.**

dire : *Salve*, vel *Salvus sis, Doctor Doctorum eruditissime* ! Hé ! pour qui me prends-tu, mon ami ?

LE BARBOUILLÉ. – Ma foi, excusez-moi : c'est que j'avais l'esprit en écharpe[1], et je ne songeais pas à ce que je faisais ; mais je sais bien que vous êtes galant homme.

LE DOCTEUR. – Sais-tu bien d'où vient le mot de *galant homme* ?

LE BARBOUILLÉ. – Qu'il vienne de Villejuif ou d'Aubervilliers, je ne m'en soucie guère.

LE DOCTEUR. – Sache que le mot *galant homme* vient d'*élégant* ! prenant le *g* et l'*a* de la dernière syllabe, cela fait *ga*, et puis prenant *l*, ajoutant un *a* et les deux dernières lettres, cela fait *galant*, et puis ajoutant *homme*, cela fait *galant homme*. Mais encore pour qui me prends-tu ?

LE BARBOUILLÉ. – Je vous prends pour un docteur. Or ça, parlons un peu de l'affaire que je vous veux proposer. Il faut que vous sachiez...

LE DOCTEUR. – Sache auparavant que je ne suis pas seulement un docteur, mais que je suis une, deux, trois, quatre, cinq, six, sept, huit, neuf, et dix fois docteur :

1. **J'avais l'esprit en écharpe** : je n'avais pas de bon sens, je ne réfléchissais pas à ce que je disais.

***Salve*, vel *Salvus sis, Doctor Doctorum eruditissime* : « salut, ou portez-vous bien Docteur, le plus érudit de tous les docteurs ». Le latin est la langue savante de l'époque. *Salve sis* fait partie des rudiments enseignés dans les manuels de latin. Le Docteur se sert du latin comme élément valorisant pour montrer combien il est fier de lui-même.**

***Galant homme* signifie « poli, courtois, de bonne compagnie ». L'étymologie avancée par le Docteur est totalement fantaisiste mais il sait que le Barbouillé n'a aucune instruction et ne peut donc le reprendre.**

1° Parce que, comme l'unité est la base, le fondement et le premier de tous les nombres, aussi, moi, je suis le premier de tous les docteurs, le docte[1] des doctes.

2° Parce qu'il y a deux facultés nécessaires pour la parfaite connaissance de toutes choses : le sens et l'entendement ; et comme je suis tout sens et tout entendement, je suis deux fois docteur.

LE BARBOUILLÉ. – D'accord. C'est que...

LE DOCTEUR. – 3° Parce que le nombre de trois est celui de la perfection, selon Aristote[2], et comme je suis parfait, et que toutes mes productions le sont aussi, je suis trois fois docteur.

LE BARBOUILLÉ. – Hé bien ! Monsieur le Docteur...

LE DOCTEUR. – 4° Parce que la philosophie a quatre parties : la logique, morale, physique et métaphysique ; et comme je les possède toutes quatre, et que je suis parfaitement versé en icelles[3], je suis quatre fois docteur.

LE BARBOUILLÉ. – Que diable ! je n'en doute pas. Écoutez-moi donc.

LE DOCTEUR. – 5° Parce qu'il y a cinq universelles : le genre, l'espèce, la différence, le propre et l'accident, sans la connaissance desquels il est impossible de faire aucun bon raisonnement ; et comme je m'en sers avec avantage, et que j'en connais l'utilité, je suis cinq fois docteur.

LE BARBOUILLÉ. – Il faut que j'aie bonne patience.

LE DOCTEUR. – 6° Parce que le nombre de six est le nombre du travail ; et comme je travaille incessamment pour ma gloire, je suis six fois docteur.

1. **Docte** : savant.
2. **Aristote** : philosophe grec (384-322 av. J.-C.).
3. **Icelles** : celles-ci.

Dans tout son discours, le Docteur se réfère à Aristote mais son raisonnement n'a ni queue ni tête ; cette tirade lui permet seulement de se valoriser aux yeux de son interlocuteur.

LE BARBOUILLÉ. – Ho ! parle tant que tu voudras.

LE DOCTEUR. – 7° Parce que le nombre de sept est le nombre de la félicité[1] ; et comme je possède une parfaite connaissance de tout ce qui peut rendre heureux, et que je le suis en effet par mes talents, je me sens obligé de dire de moi-même : *O ter quatuorque beatum*[2] !

8° Parce que le nombre de huit est le nombre de la justice, à cause de l'égalité qui se rencontre en lui, et que la justice et la prudence avec laquelle je mesure et pèse toutes mes actions me rendent huit fois docteur.

9° Parce qu'il y a neuf Muses, et que je suis également chéri d'elles.

10° Parce que, comme on ne peut passer le nombre de dix sans faire une répétition des autres nombres, et qu'il est le nombre universel, aussi, aussi, quand on m'a trouvé, on a trouvé le docteur universel : je contiens en moi tous les autres docteurs. Ainsi tu vois par des raisons plausibles[3], vraies, démonstratives et convaincantes, que je suis une, deux, trois, quatre, cinq, six, sept, huit, neuf, et dix fois docteur●.

LE BARBOUILLÉ. – Que diable est ceci ? je croyais trouver un homme bien savant qui me donnerait un bon conseil, et je trouve un ramoneur de cheminée qui, au lieu de me parler, s'amuse à jouer à la mourre●. Un, deux, trois, quatre, ha, ha, ha ! – Oh

1. **Félicité** : bonheur.
2. ***O ter quatuorque beatum*** : ô trois et quatre fois heureux.
3. **Plausibles** : vraisemblables.

● **La démonstration du Docteur est un fatras de références pseudo-philosophiques destinées à prouver son rang de docteur.**

● **Dans ce jeu, deux joueurs se montrent simultanément plusieurs doigts tout en devinant combien l'adversaire a de doigts levés. Au lieu de lui donner un conseil avisé, le Docteur semble laisser le hasard décider de tout.**

bien ! ce n'est pas cela : c'est que je vous prie de m'écouter, et croyez que je ne suis pas un homme à vous faire perdre vos peines, et que si vous me satisfaisiez sur ce que je veux de vous, je vous donnerai ce que vous voudrez ; de l'argent, si vous en voulez.

LE DOCTEUR. – Hé ! de l'argent.

LE BARBOUILLÉ. – Oui, de l'argent, et toute autre chose que vous pourriez demander.

LE DOCTEUR, *troussant sa robe derrière son cul* ●. – Tu me prends donc pour un homme à qui l'argent fait tout faire, pour un homme attaché à l'intérêt, pour une âme mercenaire[1] ? Sache, mon ami, que quand tu me donnerais une bourse pleine de pistoles, et que cette bourse serait dans une riche boîte, cette boîte dans un étui précieux, cet étui dans un coffret admirable, ce coffret dans un cabinet curieux[2], ce cabinet dans une chambre magnifique, cette chambre dans un appartement agréable, cet appartement dans un château pompeux[3], ce château dans une citadelle incomparable, cette citadelle dans une ville célèbre, cette ville dans une île fertile, cette île dans une province opulente[4], cette province dans une monarchie florissante[5], cette monarchie dans tout le monde ; et que tu me donnerais le monde où serait cette monarchie florissante, où serait cette province opulente, où serait cette île fertile, où serait cette ville célèbre, où serait cette citadelle incomparable, où serait ce château pompeux, où serait cet appartement agréable, où serait cette chambre

1. **Âme mercenaire** : qui ne s'intéresse qu'à l'argent.
2. **Cabinet curieux** : pièce où on entrepose et expose des objets collectionnés.
3. **Pompeux** : luxueux.
4. **Opulente** : riche.
5. **Florissante** : riche, prospère.

● **Le docteur relève sa robe. Pour faire rire, les auteurs de farce n'hésitent pas à recourir à des gestes grossiers ; cette attitude du Docteur contraste avec ses discours pédants destinés à impressionner Le Barbouillé.**

magnifique, où serait ce cabinet curieux, où serait ce coffret admirable, où serait cet étui précieux, où serait cette riche boîte dans laquelle serait enfermée la bourse pleine de pistoles, que je me soucierais aussi peu de ton argent et de toi que de cela●.

LE BARBOUILLÉ. – Ma foi, je m'y suis mépris[1] : à cause qu'il est vêtu comme un médecin, j'ai cru qu'il lui fallait parler d'argent● ; mais puisqu'il n'en veut point, il n'y a rien plus aisé que de le contenter. Je m'en vais courir après lui.

SCÈNE 3 – ANGÉLIQUE, VALÈRE, CATHAU

ANGÉLIQUE. – Monsieur, je vous assure que vous m'obligez beaucoup de me tenir quelquefois compagnie : mon mari est si mal bâti, si débauché, si ivrogne, que ce m'est un supplice d'être avec lui, et je vous laisse à penser quelle satisfaction on peut avoir d'un rustre[2] comme lui.

VALÈRE. – Mademoiselle, vous me faites trop d'honneur de me vouloir souffrir, et je vous promets de contribuer de tout mon pouvoir à votre divertissement ; et que, puisque vous témoignez que ma compagnie ne vous est point désagréable, je vous ferai

1. **Je m'y suis mépris** : je me suis trompé.
2. **Rustre** : personnage grossier.

● **Le Docteur est incapable de parler simplement ; aussi, même pour refuser l'argent que lui propose le Barbouillé, se lance-t-il dans une tirade compliquée.**

● **Molière fait ici une allusion satirique aux médecins qui passent pour aimer l'argent de façon immodérée ; ainsi dans *L'Amour médecin* (II, 2), une didascalie indique que Sganarelle paye les médecins avant la consultation. Dans l'acte III, scène 1 de la même pièce, un des docteurs mentionne l'argent qu'il gagne en exerçant son métier.**

connaître combien j'ai de joie de la bonne nouvelle que vous m'apprenez, par mes empressements.

CATHAU. – Ah ! changez de discours : voyez porte-guignon[1] qui arrive.

SCÈNE 4 – LE BARBOUILLÉ, VALÈRE, ANGÉLIQUE, CATHAU

VALÈRE. – Mademoiselle, je suis au désespoir de vous apporter de si méchantes nouvelles ; mais aussi bien les auriez-vous apprises de quelque autre : et puisque votre frère est fort malade...

ANGÉLIQUE. – Monsieur, ne m'en dites pas davantage ; je suis votre servante, et vous rends grâces de la peine que vous avez prise.

LE BARBOUILLÉ. – Ma foi, sans aller chez le notaire, voilà le certificat de mon cocuage●. Ha ! ha ! Madame la carogne, je vous trouve avec un homme, après toutes les défenses que je vous ai faites, et vous me voulez envoyer de Gemini en Capricorne[2] !

ANGÉLIQUE. – Hé bien ! faut-il gronder pour cela ? Ce Monsieur vient de m'apprendre que mon frère est bien malade : où est le sujet de querelles ?

CATHAU. – Ah ! le voilà venu : je m'étonnais bien si nous aurions longtemps du repos.

LE BARBOUILLÉ. – Vous vous gâteriez, par ma foi, toutes deux, mesdames les carognes ; et toi, Cathau, tu corromps ma

1. **Porte-guignon** : celui qui porte malchance.
2. **De Gemini en Capricorne** : les Gémeaux symbolisent la fidélité tandis que le Capricorne symbolise l'infidélité dans le couple.

● **Le Barbouillé a devant lui la preuve que sa femme le trompe.**

femme : depuis que tu la sers, elle ne vaut pas la moitié de ce qu'elle valait.

CATHAU. – Vraiment oui, vous nous la baillez bonne[1].

ANGÉLIQUE. – Laisse là cet ivrogne ; ne vois-tu pas qu'il est si soûl qu'il ne sait ce qu'il dit ?

SCÈNE 5 – GORGIBUS, VILLEBREQUIN, ANGÉLIQUE, CATHAU, LE BARBOUILLÉ

GORGIBUS. – Ne voilà pas encore mon maudit gendre qui querelle ma fille ?

VILLEBREQUIN. – Il faut savoir ce que c'est.

GORGIBUS. – Hé quoi ? toujours se quereller ! vous n'aurez point la paix dans votre ménage ?

LE BARBOUILLÉ. – Cette coquine-là m'appelle ivrogne. Tiens, je suis bien tenté de te bailler une quinte major[2], en présence de tes parents.

GORGIBUS. – Je dédonne au diable l'escarcelle[3], si vous l'aviez fait.

ANGÉLIQUE. – Mais aussi c'est lui qui commence toujours à...

CATHAU. – Que maudite soit l'heure que vous avez choisi ce grigou[4] !...

VILLEBREQUIN. – Allons, taisez-vous, la paix !

1. **Vous nous la baillez bonne** : vous dites des bêtises.
2. **Te bailler une quinte major** : te donner une gifle.
3. **Je dédonne au diable l'escarcelle** : je donne ma bourse au diable (juron).
4. **Grigou** : avare.

SCÈNE 6 – Le Docteur, Villebrequin, Gorgibus, Angélique, Cathau, le Barbouillé

LE DOCTEUR. – Qu'est ceci ? quel désordre ! quelle querelle ! quel grabuge ! quel vacarme ! quel bruit ! quel différend[1] ! quelle combustion ! Qu'y a-t-il, Messieurs ? Qu'y a-t-il ? Qu'y a-t-il ? Çà, çà, voyons un peu s'il n'y a pas moyen de vous mettre d'accord, que je sois votre pacificateur, que j'apporte l'union chez vous.

GORGIBUS. – C'est mon gendre et ma fille qui ont eu bruit ensemble.

LE DOCTEUR. – Et qu'est-ce que c'est ? voyons, dites-moi un peu la cause de leur différend.

GORGIBUS. – Monsieur...

LE DOCTEUR. – Mais en peu de paroles.

GORGIBUS. – Oui-da. Mettez donc votre bonnet.

LE DOCTEUR. – Savez-vous d'où vient le mot bonnet ?

GORGIBUS. – Nenni.

LE DOCTEUR. – Cela vient de *bonum est*, « bon est, voilà qui est bon », parce qu'il garantit des catarrhes et fluxions●.

GORGIBUS. – Ma foi, je ne savais pas cela.

LE DOCTEUR. – Dites donc vite cette querelle.

GORGIBUS. – Voici ce qui est arrivé...

LE DOCTEUR. – Je ne crois pas que vous soyez homme à me tenir longtemps, puisque je vous en prie. J'ai quelques affaires

1. **Différend** : désaccord.

● **Les catarrhes et fluxions sont de gros rhumes et congestions pulmonaires. L'explication étymologique est tout à fait fantaisiste : le Docteur prend la première syllabe du mot *bonnet* et l'assimile à l'adjectif latin *bonus* au neutre.**

pressantes qui m'appellent à la ville ; mais pour remettre la paix dans votre famille, je veux bien m'arrêter un moment.

GORGIBUS. – J'aurai fait en un moment.

LE DOCTEUR. – Soyez donc bref.

GORGIBUS. – Voilà qui est fait incontinent[1].

LE DOCTEUR. – Il faut avouer, Monsieur Gorgibus, que c'est une belle qualité que de dire les choses en peu de paroles, et que les grands parleurs, au lieu de se faire écouter, se rendent le plus souvent si importuns[2] qu'on ne les entend point : *Virtutem primam esse puta compescere linguam*[3]. Oui, la plus belle qualité d'un honnête homme, c'est de parler peu.

GORGIBUS. – Vous saurez donc...

LE DOCTEUR. – Socrate[4] recommandait trois choses fort soigneusement à ses disciples : la retenue dans les actions, la sobriété dans le manger, et de dire les choses en peu de paroles. Commencez donc, Monsieur Gorgibus.

GORGIBUS. – C'est ce que je veux faire.

LE DOCTEUR. – En peu de mots, sans façon, sans vous amuser à beaucoup de discours, tranchez-moi d'un apophtegme[5], vite, vite, Monsieur Gorgibus, dépêchons, évitez la prolixité●.

GORGIBUS. – Laissez-moi donc parler.

LE DOCTEUR. – Monsieur Gorgibus, touchez là : vous parlez trop ; il faut que quelque autre me dise la cause de leur querelle.

VILLEBREQUIN. – Monsieur le Docteur, vous saurez que...

1. **Incontinent** : immédiatement.
2. **Importuns** : pénibles.
3. ***Virtutem primam esse puta compescere linguam*** : songe que la première vertu est de tenir sa langue.
4. **Socrate** : philosophe grec (470-399 av. J.-C.).
5. **Tranchez-moi d'un apophtegme** : évitez de me faire entendre une maxime.

● **Le Docteur demande à Gorgibus d'expliquer rapidement ce dont il s'agit mais c'est lui qui fait de longues phrases et qui, par son attitude et son discours, fait le contraire de ce qu'il exige de Gorgibus.**

LE DOCTEUR. – Vous êtes un ignorant, un indocte, un homme ignare[1] de toutes les bonnes disciplines, un âne en bon français. Hé quoi ? vous commencez la narration sans avoir fait un mot d'exorde[2] ? Il faut que quelque autre me conte le désordre. Mademoiselle, contez-moi un peu le détail de ce vacarme.

ANGÉLIQUE. – Voyez-vous bien là mon gros coquin, mon sac à vin de mari ?

LE DOCTEUR. – Doucement, s'il vous plaît : parlez avec respect de votre époux, quand vous êtes devant la moustache d'un docteur comme moi.

ANGÉLIQUE. – Ah ! vraiment oui, docteur ! Je me moque bien de vous et de votre doctrine, et je suis docteur quand je veux.

LE DOCTEUR. – Tu es docteur quand tu veux, mais je pense que tu es un plaisant docteur. Tu as la mine de suivre fort ton caprice : des parties d'oraison, tu n'aimes que la conjonction ; des genres, le masculin ; des déclinaisons, le génitif ; de la syntaxe, *mobile cum fixo*[3] ! et enfin de la quantité, tu n'aimes que le dactyle, *quia constat ex una longa et duabus brevibus*[4]. Venez çà, vous, dites-moi un peu quelle est la cause, le sujet de votre combustion●.

LE BARBOUILLÉ. – Monsieur le Docteur...

LE DOCTEUR. – Voilà qui est bien commencé : « Monsieur le Docteur ! » ce mot de docteur a quelque chose de doux à l'oreille, quelque chose plein d'emphase[5] : « Monsieur le Docteur ! »

LE BARBOUILLÉ. – À la mienne volonté...

1. **Ignare** : ignorant.
2. **Exorde** : première partie d'un discours.
3. ***Mobile cum fixo*** : le mobile et le fixe
4. ***Quia constat ex una longa et duabus brevibus*** : parce qu'il est composé d'une longue et de deux brèves.
5. **Emphase** : force expressive ; le Docteur donne un sens positif à ce terme qui peut aussi signifier « grandiloquence ».

● **Dans cette tirade et sous couvert de termes grammaticaux, le Docteur fait des allusions sexuelles : ainsi « des genres, le masculin » désigne les hommes ; il reproche à Angélique d'aimer les hommes et de tromper son mari.**

LE DOCTEUR. – Voilà qui est bien : « À la mienne volonté ! » La volonté présuppose le souhait, le souhait présuppose des moyens pour arriver à ses fins, et la fin présuppose un objet : voilà qui est bien : « À la mienne volonté ! »

LE BARBOUILLÉ. – J'enrage.

LE DOCTEUR. – Ôtez-moi ce mot : « j'enrage » ; voilà un terme bas et populaire.

LE BARBOUILLÉ. – Hé ! Monsieur le Docteur, écoutez-moi, de grâce.

LE DOCTEUR. – *Audi, quaeso*[1], aurait dit Cicéron[2].

LE BARBOUILLÉ. – Oh ! ma foi, si se rompt, si se casse, ou si se brise, je ne m'en mets guère en peine ; mais tu m'écouteras, ou je te vais casser ton museau doctoral et que diable donc est ceci ?

Le Barbouillé, Angélique, Gorgibus, Cathau, Villebrequin parlent tous à la fois, voulant dire la cause de la querelle, et le Docteur aussi, disant que la paix est une belle chose, et font un bruit confus de leurs voix ; et pendant tout le bruit, Barbouillé attache le Docteur par le pied, et le fait tomber ; le Docteur se doit laisser tomber sur le dos ; le Barbouillé l'entraîne par la corde qu'il lui a attachée au pied, et, en l'entraînant, le Docteur doit toujours parler, et compter par ses doigts toutes ses raisons, comme s'il n'était point à terre, alors qu'il ne paraît plus.

GORGIBUS. – Allons, ma fille, retirez-vous chez vous et vivez bien avec votre mari.

VILLEBREQUIN. – Adieu, serviteur et bonsoir.

1. ***Audi quaeso*** : écoute, s'il te plaît.
2. **Cicéron** : homme politique et avocat latin (106-43 av. J.-C.).

Jeu de mots sur le nom de Cicéron que le Barbouillé comprend phonétiquement comme « si se rompt », d'où le jeu de mots avec des synonymes du verbe *rompre*.

SCÈNE 7 – Valère, La Vallée. *Angélique s'en va.*

VALÈRE. – Monsieur, je vous suis obligé du soin que vous avez pris, et je vous promets de me rendre à l'assignation[1] que vous me donnez, dans une heure.

LA VALLÉE. – Cela ne peut se différer ; et si vous tardez un quart d'heure, le bal sera fini dans un moment, et vous n'aurez pas le bien d'y voir celle que vous aimez, si vous n'y venez tout présentement.

VALÈRE. – Allons donc ensemble de ce pas.

SCÈNE 8 – Angélique

Cependant que mon mari n'y est pas, je vais faire un tour à un bal que donne une de mes voisines. Je serai revenue auparavant lui, car il est quelque part au cabaret : il ne s'apercevra pas que je suis sortie. Ce maroufle-là[2] me laisse toute seule à la maison, comme si j'étais son chien.

SCÈNE 9 – le Barbouillé

Je savais bien que j'aurais raison de ce diable de Docteur, et de toute sa fichue doctrine. Au diable l'ignorant ! j'ai bien renvoyé toute la science par terre. Il faut pourtant que j'aille un peu voir si notre bonne ménagère m'aura fait à souper.

1. **Assignation** : convocation.
2. **Maroufle** : lourdaud.

SCÈNE 10 – ANGÉLIQUE

Que je suis malheureuse ! j'ai été trop tard, l'assemblée est finie : je suis arrivée justement comme tout le monde sortait ; mais il n'importe, ce sera pour une autre fois. Je m'en vais cependant au logis comme si de rien n'était. Mais la porte est fermée. Cathau ! Cathau !

SCÈNE 11 – LE BARBOUILLÉ, *à la fenêtre,* ANGÉLIQUE

LE BARBOUILLÉ. – Cathau, Cathau ! Hé bien ! qu'a-t-elle fait, Cathau ? et d'où venez-vous, Madame la carogne, à l'heure qu'il est, et par le temps qu'il fait ?

ANGÉLIQUE. – D'où je viens ? ouvre-moi seulement, et je te le dirai après.

LE BARBOUILLÉ. – Oui ? Ah ! ma foi, tu peux aller coucher d'où tu viens, ou, si tu l'aimes mieux, dans la rue : je n'ouvre point à une coureuse comme toi. Comment, diable ! être toute seule à l'heure qu'il est ! Je ne sais si c'est imagination, mais mon front m'en paraît plus rude de moitié●.

ANGÉLIQUE. – Hé bien ! pour être toute seule, qu'en veux-tu dire ? Tu me querelles quand je suis en compagnie : comment faut-il donc faire ?

LE BARBOUILLÉ. – Il faut être retiré à la maison, donner ordre au souper, avoir soin du ménage, des enfants ; mais sans tant de discours inutiles, adieu, bonsoir, va-t-en au diable et me laisse en repos.

ANGÉLIQUE. – Tu ne veux pas m'ouvrir ?

● **Allusion aux « cornes » que les maris trompés sont censés sentir pousser sur leur front.**

LE BARBOUILLÉ. – Non, je n'ouvrirai pas.

ANGÉLIQUE. – Hé ! mon pauvre petit mari, je t'en prie, ouvre-moi, mon cher petit cœur !

LE BARBOUILLÉ. – Ah, crocodile ! ah, serpent dangereux ! tu me caresses pour me trahir.

ANGÉLIQUE. – Ouvre, ouvre donc !

LE BARBOUILLÉ. – Adieu ! *Vade retro, Satanas*[1].

ANGÉLIQUE. – Quoi ? tu ne m'ouvriras point ?

LE BARBOUILLÉ. – Non.

ANGÉLIQUE. – Tu n'as point de pitié de ta femme, qui t'aime tant ?

LE BARBOUILLÉ. – Non, je suis inflexible : tu m'as offensé, je suis vindicatif[2] comme tous les diables, c'est-à-dire bien fort ; je suis inexorable[3].

ANGÉLIQUE. – Sais-tu bien que si tu me pousses à bout, et que tu me mettes en colère, je ferai quelque chose dont tu te repentiras ?

LE BARBOUILLÉ. – Et que feras-tu, bonne chienne ?

ANGÉLIQUE. – Tiens, si tu ne m'ouvres, je m'en vais me tuer devant la porte ; mes parents, qui sans doute viendront ici auparavant de se coucher, pour savoir si nous sommes bien ensemble, me trouveront morte, et tu seras pendu.

LE BARBOUILLÉ. – Ah, ah, ah, ah, la bonne bête ! et qui y perdra le plus de nous deux ? Va, va, tu n'es pas si sotte que de faire de coup-là.

ANGÉLIQUE. – Tu ne le crois donc pas ? Tiens, tiens, voilà mon couteau tout prêt : si tu ne m'ouvres, je m'en vais tout à cette heure m'en donner dans le cœur.

1. ***Vade retro Satanas*** : Arrière Satan.
2. **Vindicatif** : qui veut se venger.
3. **Inexorable** : qu'on ne peut fléchir.

LE BARBOUILLÉ. – Prends garde, voilà qui est bien pointu.

ANGÉLIQUE. – Tu ne veux donc pas m'ouvrir ?

LE BARBOUILLÉ. – Je t'ai déjà dit vingt fois que je n'ouvrirai point ; tue-toi, crève, va-t-en au diable, je ne m'en soucie pas.

ANGÉLIQUE, *faisant semblant de se frapper.* – Adieu donc !... Ay ! je suis morte.

LE BARBOUILLÉ. – Serait-elle bien assez sotte pour avoir fait ce coup-là ? Il faut que je descende avec la chandelle pour aller voir.

ANGÉLIQUE●. – Il faut que je t'attrape. Si je peux entrer dans la maison subtilement, cependant que tu me chercheras, chacun aura bien son tour.

LE BARBOUILLÉ●. – Hé bien ! ne savais-je pas bien qu'elle n'était pas si sotte ? Elle est morte, et si[1] elle court comme le cheval de Pacolet[2]. Ma foi, elle m'avait fait peur tout de bon. Elle a bien fait de gagner au pied ; car si je l'eusse trouvée en vie, après m'avoir fait cette frayeur-là, je lui aurais apostrophé cinq ou six clystères[3] de coups de pied dans le cul, pour lui apprendre à faire la bête. Je m'en vais me coucher cependant. Oh ! oh ! je pense que le vent a fermé la porte. Hé ! Cathau, Cathau, ouvre-moi.

ANGÉLIQUE. – Cathau, Cathau ! Hé bien ! qu'a-t-elle fait, Cathau ? Et d'où venez-vous, Monsieur l'ivrogne ? Ah ! vraiment, va, mes parents, qui vont venir dans un moment, sauront tes vérités. Sac à vin infâme, tu ne bouges du cabaret, et tu laisses une pauvre

1. **Si** : pourtant.
2. **Pacolet** : ce personnage d'un roman de chevalerie fabrique un cheval de bois qui vole dans les airs plus vite que les oiseaux.
3. **Clystères** : lavements.

● **Angélique parle en aparté : son mari n'entend pas les paroles qu'elle prononce à cet instant.**

● **Le Barbouillé est descendu et est sorti de la maison ; il constate qu'Angélique n'est plus là.**

femme avec des petits enfants, sans savoir s'ils ont besoin de quelque chose, à croquer le marmot[1] tout le long du jour.

LE BARBOUILLÉ. – Ouvre vite, diablesse que tu es, ou je te casserai la tête.

SCÈNE 12 – Gorgibus, Villebrequin, Angélique, le Barbouillé

GORGIBUS. – Qu'est ceci ? toujours de la dispute, de la querelle et de la dissension[2] !

VILLEBREQUIN. – Hé quoi ? vous ne serez jamais d'accord ?

ANGÉLIQUE. – Mais voyez un peu, le voilà qui est soûl, et revient, à l'heure qu'il est, faire un vacarme horrible ; il me menace.

GORGIBUS. – Mais aussi ce n'est pas là l'heure de revenir. Ne devriez-vous pas, comme un bon père de famille, vous retirer de bonne heure, et bien vivre avec votre femme ?

LE BARBOUILLÉ. – Je me donne au diable, si j'ai sorti de la maison, et demandez plutôt à ces Messieurs qui sont là-bas dans le parterre● ; c'est elle qui ne fait que de revenir. Ah ! que l'innocence est opprimée !

VILLEBREQUIN. – Çà, çà ; allons, accordez-vous ; demandez-lui pardon.

LE BARBOUILLÉ. – Moi, pardon ! j'aimerais mieux que le diable l'eût emportée. Je suis dans une colère que je ne me sens pas.

1. **Croquer le marmot** : attendre.
2. **Dissension** : désaccord.

● **Molière introduit ici un jeu de scène avec le public qui assiste à la représentation et joue donc avec lui ; il reprendra ce procédé dans le monologue de *L'Avare* dans lequel le personnage s'adresse directement aux spectateurs.**

GORGIBUS. – Allons, ma fille, embrassez votre mari, et soyez bons amis.

SCÈNE 13 et dernière – LE DOCTEUR, *à la fenêtre, en bonnet de nuit et en camisole,* LE BARBOUILLÉ, VILLEBREQUIN, GORGIBUS, ANGÉLIQUE

LE DOCTEUR. – Hé quoi ? toujours du bruit, du désordre, de la dissension, des querelles, des débats, des différends, des combustions, des altercations éternelles. Qu'est-ce ? qu'y a-t-il donc ? On ne saurait avoir du repos.

VILLEBREQUIN. – Ce n'est rien, Monsieur le Docteur ; tout le monde est d'accord.

LE DOCTEUR. – À propos d'accord, voulez-vous que je vous lise un chapitre d'Aristote, où il prouve que toutes les parties de l'univers ne subsistent que par l'accord qui est entre elles ?

VILLEBREQUIN. – Cela est-il bien long ?

LE DOCTEUR. – Non, cela n'est pas long : cela contient environ soixante ou quatre-vingts pages.

VILLEBREQUIN. – Adieu, bonsoir ! nous vous remercions.

GORGIBUS. – Il n'en est pas de besoin.

LE DOCTEUR. – Vous ne le voulez pas ?

GORGIBUS. – Non.

LE DOCTEUR. – Adieu donc ! puisqu'ainsi est ; bonsoir ! *latine, bona nox*[1].

VILLEBREQUIN. – Allons-nous-en souper ensemble, nous autres.

Molière, *La Jalousie du Barbouillé.*

1. ***Latine, bona nox*** : en latin, bonne nuit.

Un beau rôle !

Drame de la vie théâtrale

PREMIER ACTE
Un véritable artiste

La scène représente une chambre.

LE VIEUX FIGURANT GLABRE[1], *entrant avec son fils.* – Femme, bonne nouvelle !

LE FILS RESPECTUEUX ET ARTISTE D'AVENIR●. – Bonne nouvelle, mère ! Le directeur du Théâtre-Historique m'a confié un rôle important dans le prochain drame : *Napoléon ou vingt ans sous la mitraille !*

LA FEMME DU VIEUX FIGURANT GLABRE. – C'est-il Dieu possible ! Un rôle ? Un véritable rôle parlé ?

LE FILS RESPECTUEUX ET ARTISTE D'AVENIR. – Oui, mère. Oh ! je suis heureux ! Le rêve de ma vie va enfin se réaliser ! J'arriverai ! Je le sens !

LA FEMME DU VIEUX FIGURANT GLABRE, *émue.* – Cher enfant ! Mais quel rôle joueras-tu dans *Napoléon ou vingt ans sous la mitraille* ?

LE FILS RESPECTUEUX ET ARTISTE D'AVENIR, *lui tendant un rouleau de papier.* – Voilà mon rôle, mère.

1. **Glabre** : sans barbe. L'adjectif s'oppose en quelque sorte à l'adjectif *vieux*.

● **La formule est ironique car elle indique que le fils n'a pas encore commencé sa carrière et que tous les espoirs lui sont permis.**

LA FEMME DU VIEUX FIGURANT GLABRE, *lisant.* – Rôle du général Cambronne[1].

LE FILS RESPECTUEUX ET ARTISTE D'AVENIR. – Le rôle n'est pas long. Il n'a qu'un mot. Mais c'est un rôle à effet !

LA FEMME DU VIEUX FIGURANT GLABRE, *regardant le rôle avec émotion.* – Le mot historique est moulé en belles lettres de ronde● ! (*S'essuyant les yeux.*) Oh ! c'est trop de bonheur ! La joie m'étouffe !

LE VIEUX FIGURANT GLABRE. – Oui, c'est là une brillante création qui peut mettre notre cher fils en vedette. Je lui ferai travailler son rôle. Mes conseils lui seront précieux.

LE FILS RESPECTUEUX ET ARTISTE D'AVENIR. – Oui, cher père. Je veux à partir d'aujourd'hui, travailler sans relâche ce rôle que l'on m'a confié, je veux le fouiller, le creuser, l'analyser, en rechercher toutes les intentions cachées.

LE VIEUX FIGURANT GLABRE. – Bravo ! Voilà qui est parler en véritable artiste !

DEUXIÈME ACTE
L'étude d'un rôle

La scène représente la chambre du fils respectueux.

LE VIEUX FIGURANT GLABRE, *entrant.* – Cher fils, depuis quinze jours que le rôle du général Cambronne te fut distribué, tu

1. **Cambronne** : général français (1770-1842) : il aurait répondu à la sommation des Anglais de se rendre par le mot « merde ».

● **Cette réplique est comique car il y a ici un jeu de mots, le mot « moulé » pouvant aussi bien s'appliquer au mot écrit qu'à la réalité que ce terme recouvre. De plus le décalage entre l'émotion de la mère et le contenu du rôle, un seul mot, rend toute la scène burlesque.**

travailles jour et nuit devant ton armoire à glace. Tu te surmènes. Prends quelques instants de repos.

LE FILS RESPECTUEUX ET ARTISTE D'AVENIR. – Non, père. Je ne suis pas encore arrivé à trouver l'intonation idéale.

LE VIEUX FIGURANT GLABRE. – Tu es trop difficile pour toi-même, cher enfant. Je t'assure que, ce matin, tu as lancé ton « mot de Cambronne » d'une façon sublime. Ta pauvre mère en avait les larmes aux yeux.

LE FILS RESPECTUEUX ET ARTISTE D'AVENIR. – Non, père. Je sens que je peux faire mieux. Je n'ai pas encore donné ma mesure. Permets que je continue l'étude de mon rôle. Il y a mille façons de prononcer le mot légendaire. Mais quelle est la meilleure ? Quel était l'état d'esprit de Cambronne au moment où il répondit aux ennemis le mot qui l'a immortalisé ? A-t-il répondu avec colère, comme ceci : « M... ! », ou bien avec ironie, comme cela : « M... ! », ou bien avec éclat : « M... ! », ou avec dédain : « M... ! », ou avec désespoir : « M... ! »

LE VIEUX FIGURANT GLABRE, *les larmes aux yeux.* – C'est sublime !

LE CONCIERGE, *entrant.* – Voici votre congé[1] que je vous apporte.

LE FILS RESPECTUEUX ET ARTISTE D'AVENIR. – Notre congé ?

LE CONCIERGE. – Oui. Les locataires de l'immeuble ont fait parvenir une pétition au propriétaire. Voilà quinze jours que vous hurlez à tue-tête et sans interruption le mot le plus ordurier[2] de la langue française !

LE FILS RESPECTUEUX ET ARTISTE D'AVENIR, *avec dignité.* – Et le plus héroïque, monsieur *(Le concierge sort)*. Et maintenant,

1. **Congé** : résiliation du bail.
2. **Ordurier** : grossier.

reprenons l'étude de notre rôle. *(Il se campe de nouveau devant l'armoire à glace.)* Voyons, dois-je lancer le mot d'un air martial[1] : « M... ! », avec rage : « M... ! », avec esprit : « M... ! », ou bien... *(Il continue l'étude du rôle.)*

TROISIÈME ACTE
Waterloo

La scène représente la plaine de Waterloo.

LE FILS RESPECTUEUX ET ARTISTE D'AVENIR. – Pour bien me mettre dans la peau de mon personnage, je viens poursuivre l'étude de mon rôle dans la plaine de Waterloo où fut prononcé le mot historique.

LE GUIDE. – Voilà l'endroit où le général Cambronne résista héroïquement, au milieu du dernier carré[2].

LE FILS RESPECTUEUX ET ARTISTE D'AVENIR. – Oh ! Je sens qu'ici je vais trouver l'intonation véritable, l'intonation qui remuera les foules. Je me sens inspiré ! *(Il bombe le torse et tend le poing vers un ennemi imaginaire, hurlant :)* « M... !! ». Oh ! oui, c'est bien ça ! Voilà l'intonation juste ! L'ombre de Cambronne m'inspire ! *(Il lance à travers la morne plaine une formidable série de « mots de Cambronne ». Le Guide épouvanté prend la fuite.)*

1. **Martial** : résolu, décidé.
2. **Carré** : formation d'une troupe faisant front des quatre côtés.

QUATRIÈME ACTE
Au pied levé

La scène représente les coulisses du Théâtre-Historique le soir de la représentation.

LE RÉGISSEUR AFFOLÉ, *accourant.* – Que faire ? Que faire ? L'acteur chargé du rôle de l'officier anglais, atteint subitement d'une crampe à la langue, ne peut jouer son rôle !

LE DIRECTEUR. – Ne nous affolons pas. Le rôle de l'officier anglais est des plus courts. Il consiste simplement à crier, avec l'accent anglais : « Braves Français, rendez-vous ! ». Il faut trouver un remplaçant. Mais j'y pense : le vieux figurant glabre pourra jouer le rôle au pied levé. Courez l'avertir et qu'on lui fasse endosser l'uniforme de l'officier anglais. Courez !

CINQUIÈME ACTE
Fatalité !

La scène représente la scène du Théâtre-Historique.

CHŒUR DES SPECTATEURS. – Le rideau vient de se lever sur le cinquième acte. Voici le dernier carré de la vieille garde cerné par l'ennemi. Écoutons !

LE VIEUX FIGURANT GLABRE, EN OFFICIER ANGLAIS, *criant.* – Braves Français, rendez-vous ! *(Cambronne ne répond rien.)*

CHŒUR DES SPECTATEURS. – Oh ! stupeur ! Pourquoi Cambronne ne répond-il pas : « M... ! » ?

LE VIEUX FIGURANT GLABRE, EN OFFICIER ANGLAIS, *répétant.* – Braves Français, rendez-vous ! *(Cambronne reste muet.)*

CHŒUR DES SPECTATEURS. – Sifflons et conspuons[1] cet acteur qui a oublié son rôle de Cambronne ! *(Vacarme épouvantable. Le rideau se baisse.)*

LE DIRECTEUR, *se précipitant vers le général Cambronne.* – Mais, vous êtes fou ! Pourquoi n'avez-vous pas lancé la réplique fameuse ?

L'AUTEUR. – Oui, pourquoi ? C'était le mot sur lequel je comptais pour assurer le succès de mon drame ! Pourquoi n'avez-vous pas répondu le mot légendaire à l'acteur qui jouait l'officier anglais ? Pourquoi ?

LE FILS RESPECTUEUX ET ARTISTE D'AVENIR. – Non, je ne pouvais pas lui répondre ça ! C'est mon père !

Rideau.

Cami, *Un beau rôle !* dans *L'Homme à la tête d'épingle,* © Flammarion.

1. **Conspuons** : huons.

Un mot pour un autre

LES PERSONNAGES

MADAME.

MADAME DE PERLEMINOUZE.

MONSIEUR DE PERLEMINOUZE.

LE RÉCITANT.

LA BONNE.

LE RÉCITANT, *s'avançant devant le rideau fermé.* – Vers l'année 1900 – époque étrange entre toutes –, une curieuse épidémie s'abattit sur la population des villes, principalement sur les classes fortunées. Les misérables atteints de ce mal prenaient soudain les mots les uns pour les autres, comme s'ils eussent puisé au hasard les paroles dans un sac.

Le plus curieux est que les malades ne s'apercevaient pas de leur infirmité, qu'ils restaient d'ailleurs sains d'esprit, tout en tenant des propos en apparence incohérents, que, même au plus fort du fléau[1], les conversations mondaines allaient bon train, bref, que le seul organe atteint était : le « vocabulaire ».

Ce fait historique – hélas, contesté par quelques savants – appelle les remarques suivantes :

1. **Fléau** : calamité qui s'abat sur une population.

que nous parlons souvent pour ne rien dire,

que si, par chance, nous avons quelque chose à dire, nous pouvons le dire de mille façons différentes,

que les prétendus fous ne sont appelés tels que parce que l'on ne comprend pas leur langage,

que dans le commerce des humains, bien souvent les mouvements du corps, les intonations de la voix et l'expression du visage en disent plus long que les paroles,

et aussi que les mots n'ont, par eux-mêmes, d'autres sens que ceux qu'il nous plaît de leur attribuer.

Car enfin, si nous décidons ensemble que le cri du chien sera nommé hennissement et aboiement celui du cheval, demain nous entendrons tous les chiens hennir et tous les chevaux aboyer.

C'est à l'habileté des comédiens que nous remettons le soin de nous prouver ces quelques vérités, du reste bien connues, dans la petite scène que voici :

Le Récitant se retire. Le rideau s'ouvre. La scène représente un salon plus 1900 que nature : des plantes vertes, des draperies, des panoplies, un piano à queue etc.

Au lever du rideau, Madame est seule. Elle est assise sur un « sopha » et lit un livre. On sonne au loin.

LA BONNE, *entrant.* – Madame, c'est Madame de Perleminouze.

MADAME. – Ah ! Quelle grappe ! Faites-la vite grossir● !

● **Comme annoncé par le Récitant, les mots paraissent puisés au hasard dans un sac et les répliques semblent incompréhensibles ; pourtant, le spectateur étant au courant de ce qui se passe, il n'est pas difficile de « traduire » les paroles de chacun. Ainsi, cette phrase devient par exemple : « Ah ! Quelle barbe ! Faites-la vite venir. »**

La Bonne sort. Madame, en attendant la visiteuse, se met au piano et joue. Il en sort un tout petit air de boîte à musique.
Retour de la Bonne, suivie de Madame de Perleminouze.

LA BONNE, *annonçant.* – Madame la comtesse de Perleminouze !

MADAME, *fermant le piano et allant au-devant de son amie.* – Chère, très chère peluche ! Depuis combien de trous, depuis combien de galets n'avais-je pas eu le mitron[1] de vous sucrer !

MADAME DE PERLEMINOUZE, *très affectée.* – Hélas ! Chère ! j'étais moi-même très, très vitreuse ! Mes trois plus jeunes tourteaux ont eu la citronnade, l'un après l'autre. Pendant tout le début du corsaire, je n'ai fait que nicher des moulins, courir chez le ludion[2] ou chez le tabouret, j'ai passé des puits à surveiller leur carbure, à leur donner des pinces et des moussons. Bref, je n'ai pas eu une minette à moi.

MADAME. – Pauvre chère ! Et moi qui ne me grattais de rien !

MADAME DE PERLEMINOUZE. – Tant mieux ! Je m'en recuis ! Vous avez bien mérité de vous tartiner, après les gommes que vous avez brûlées ! Poussez donc : depuis le mou de Crapaud jusqu'à la mi-Brioche, on ne vous a vue ni au « Water-proof », ni sous les alpagas du bois de Migraine ! Il fallait que vous fussiez vraiment gargarisée !

MADAME, *soupirant.* – Il est vrai !... Ah ! Quelle céruse[3] ! Je ne puis y mouiller sans gravir.

MADAME DE PERLEMINOUZE, *confidentiellement.* – Alors, toujours pas de pralines ?

MADAME. – Aucune.

1. **Mitron** : garçon, aide boulanger ou pâtissier. Ici le mot est mis à la place du mot « occasion ».
2. **Ludion** : fiole.
3. **Céruse** : carbonate de plomb.

MADAME DE PERLEMINOUZE. – Pas même un grain de riflard[1] ?

MADAME. – Pas un ! Il n'a jamais daigné me repiquer, depuis le flot où il m'a zébrée !

MADAME DE PERLEMINOUZE. – Quel ronfleur ! Mais il fallait lui racler des flammèches !

MADAME. – C'est ce que j'ai fait. Je lui en ai raclé quatre, cinq, six peut-être en quelques mous : jamais il n'a ramoné.

MADAME DE PERLEMINOUZE. – Pauvre chère petite tisane !... *(Rêveuse et tentatrice.)* Si j'étais vous, je prendrais un autre lampion !

MADAME. – Impossible ! On voit que vous ne le coulissez pas ! Il a sur moi un terrible foulard ! Je suis sa mouche, sa mitaine[2], sa sarcelle[3] ; il est mon rotin, mon sifflet ; sans lui je ne peux ni coincer ni glapir ; jamais je ne le bouclerai ! *(Changeant de ton.)* Mais j'y touille, vous flotterez bien quelque chose ; une cloque de zoulou, deux doigts de loto ?

MADAME DE PERLEMINOUZE, *acceptant.* – Merci, avec grand soleil.

MADAME, *elle sonne, sonne en vain ; se lève et appelle.* – Irma !... Irma, voyons ! Oh cette biche ! Elle est courbe comme un tronc... Excusez-moi, il faut que j'aille à la basoche[4], masquer cette pantoufle. Je radoube[5] dans une minette.

Madame de Perleminouze, restée seule, commence par bâiller. Puis elle se met de la poudre et du rouge. Va se regarder dans la glace. Bâille encore, regarde autour d'elle, aperçoit le piano.

1. **Riflard** : rabot de menuisier, ciseau utilisé par les maçons, parapluie (pop).
2. **Mitaine** : gant dont les doigts s'arrêtent aux premières phalanges.
3. **Sarcelle** : canard sauvage.
4. **Basoche** : lieu où se tenaient les tribunaux, ensemble des gens de loi.
5. **Radouber** : réparer.

Le sujet de conversation a changé et porte maintenant sur l'amant de Madame.

MADAME DE PERLEMINOUZE. – Tiens ! Un grand crocodile de concert ! *(Elle s'assied au piano, ouvre le couvercle, regarde le pupitre.)* Et voici naturellement le dernier ragoût des mascarilles[1] à la mode !... Voyons ! Oh, celle-ci, qui est si « to-be-or-not-to-be » !

Elle chante une chanson connue de l'époque 1900, mais elle en change les paroles. Par exemple, sur l'air :

Les petites Parisiennes
Ont de petits pieds...
Elle dit :
Les petites Tour-Eiffel
Ont de petits chiens... *etc.*

À ce moment, la porte du fond s'entrouvre et l'on voit paraître dans l'entrebâillement la tête de Monsieur de Perleminouze, avec son haut-de-forme et son monocle. Madame de Perleminouze l'aperçoit. Il est surpris au moment où il allait refermer la porte.

MONSIEUR DE PERLEMINOUZE, *à part.* – Fiel !... Ma pitance !

MADAME DE PERLEMINOUZE, *s'arrêtant de chanter.* – Fiel !... Mon zébu !... *(Avec sévérité.)* Adalgonse, quoi, quoi, vous ici ? Comment êtes-vous bardé ?

MONSIEUR DE PERLEMINOUZE, *désignant la porte.* – Mais par la douille[2] !

MADAME DE PERLEMINOUZE. – Et vous bardez souvent ici ?

1. **Mascarille** : personnage de comédie, valet bouffon.
2. **Douille** : pièce métallique à l'extrémité d'un fil électrique dans lequel on fixe le culot de l'ampoule.

MONSIEUR DE PERLEMINOUZE, *embarrassé.* – Mais non, mon amie, ma palme..., mon bizon. Je... j'espérais vous raviner..., c'est pourquoi je suis bardé ! Je...

MADAME DE PERLEMINOUZE. – Il suffit ! Je grippe tout ! C'était donc vous, le mystérieux sifflet dont elle était la mitaine et la sarcelle ! Vous, oui, vous qui veniez faire ici le mascaret, le beau boudin noir, le joli-pied, pendant que moi, moi, eh bien, je me ravaudais les palourdes à babiller mes pauvres tourteaux... *(Les larmes dans la voix.)* Allez !... vous n'êtes qu'un...

À ce moment, ne se doutant de rien, Madame revient.

MADAME, *finissant de donner des ordres, à la cantonade.* – Alors, Irma, c'est bien tondu, n'est-ce pas ? Deux petits dolmans au linon, des sweaters très glabres, avec du flou, une touque de ramiers sur du pacha et des petites glottes de sparadrap loti au frein... *(Apercevant le Comte. À part.)* Fiel !... Mon lampion !

Elle fait cependant bonne contenance. Elle va vers le Comte, en exagérant son amabilité pour cacher son trouble.

MADAME. – Quoi, vous ici, cher Comte ? Quelle bonne tulipe ! Vous venez renflouer votre chère pitance ?... Mais comment donc êtes-vous bardé ?

LE COMTE, *affectant la désinvolture.* – Eh bien, oui, je bredouillais dans les garages, après ma séance au sleeping ; je me suis dit : Irène est sûrement chez sa farine. Je vais les susurrer toutes les deux !

MADAME. – Cher Comte *(désignant son haut-de-forme)*, posez votre candidature !... Là... *(Poussant vers lui un fauteuil.)* Et prenez donc ce galopin. Vous devez être caribou ?

LE COMTE, *s'asseyant.* – Oui, vraiment caribou ! Le saupiquet[1] s'est prolongé fort dur. On a frétillé, rançonné, re-rançonné, re-frétillé, câliné des boulettes à pleins flocons : je me demande où nous cuivrera tout ce potage !

MADAME DE PERLEMINOUZE, *affectant un aimable persiflage.* – Chère ! Mon zébu semble tellement à ses planches dans votre charmant tortillon... que l'on croirait... oserai-je le moudre ?

MADAME, *riant.* – Mais oui !... Allez-y, je vous en mouche !

MADAME DE PERLEMINOUZE, *soudain plus grave, regardant son amie avec attention.* – Eh bien oui ! l'on croirait qu'il vient souvent ici ronger ses grenouilles : il barde là tout droit, le sous-pied sur l'oreille, comme s'il était dans son propre finistère !

MADAME, *affectant de rire très fort.* – Eh ! Vous avez le pot pour frire ! Quelle crémone[2] !... Mais voyons, le Comte est si glaïeul, si... *(cherchant ses mots)* si eversharp... si chamarré[3] de l'édredon, qu'il ne se contenterait pas de ma pauvre petite bouilloire, ni... *(désignant modestement le salon)* de ce modeste miroton[4] !

LE COMTE, *très galant.* – Ce miroton est un bavoir qui sera pour moi toujours plein de punaises, chère amie !

MADAME. – Baste ! Mais il a bien d'autres bouteilles à son râtelier !... *(L'attaquant.)* N'est-ce pas, cher Comte ?●

LE COMTE, *balbutiant, très gêné.* – Mais je ne... mais que voulez-vous frire ?

1. **Saupiquet** : sauce au vinaigre et aux échalotes.
2. **Crémone** : dispositif de verrouillage de portes ou de fenêtres.
3. **Chamarré** : orné, coloré.
4. **Miroton** : bœuf bouilli que l'on cuisine avec des oignons, du lard et du vinaigre.

● **Ici, Madame s'en prend au Comte et commence à lui faire des reproches.**

MADAME. – Comment ? Mais ne dit-on pas que l'on vous voit souvent chez la générale Mitropoulos et que vous sarclez[1] fort son pourpoint[2], en vrai palmier du moyen âge ?

LE COMTE. – Mais... mais... nulle soupière ! Pas le moindre poteau dans ce coquetier, je vous assure.

MADAME, *s'échauffant.* – Ouais !... Et la peluche de Madame Verjus, est-ce qu'elle n'est pas toujours pendue à vos cloches ?

LE COMTE, *se défendant, très digne.* – Mais... mais... sirotez, sirotez !...

MADAME DE PERLEMINOUZE, *s'amusant de la scène et décidée à en profiter pour mêler ses reproches à ceux de sa rivale.* – Tiens ! tiens ! Je vois que vous brassez mon zébu mieux que moi-même ! Bravo !... Et si j'ajoutais mon brin de mil à ce toucan[3] ? Ah, ah ! mon cher. « Tel qui roule radis, pervenche pèlera ! » Ne dois-je pas ajouter que l'on vous rencontre le sabre glissé dans les chambranles[4] de la grande Fédora ?

LE COMTE, *très Jules-César-parlant-à-Brutus-le-jour-de-l'assassinat*●. – Ah ça ! Vous aussi, ma cocarde ?

MADAME DE PERLEMINOUZE. – Il n'y a pas de cocarde ! Allez, allez ! On sait que vous pommez avec Lady Braetsel !

MADAME. – Comment ? Avec cette grande corniche ? *(Éclatant.)* Ne serait-ce pas plutôt avec la Baronne de Marmite ?

1. **Sarcler** : débarrasser un terrain de mauvaises herbes avec un outil appelé sarcloir.
2. **Pourpoint** : vêtement d'homme qui couvrait le tronc jusqu'en dessous de la ceinture.
3. **Toucan** : oiseau au bec énorme et au plumage éclatant qui vit en Amérique du Sud.
4. **Chambranles** : encadrements d'une porte ou d'une fenêtre.

● **Allusion à la phrase célèbre qu'aurait prononcée César en reconnaissant, parmi les conjurés venus l'assassiner, Brutus qu'il aimait comme un fils : « Toi aussi, mon fils. »**

MADAME DE PERLEMINOUZE, *sursautant.* – Comment ? avec cette petite bobèche[1] ? *(Méprisante.)* À votre place, monsieur, je préférerais la vieille popote qui fait le lutin près du Pont-Bœuf !...

LE COMTE, *debout, se gardant à gauche et à droite, très Jean-le-Bon-à-Poitiers*●. – Mais... mais c'est une transpiration, une vraie transpiration !...

MADAME et MADAME DE PERLEMINOUZE, *le harcelant et le poussant vers la porte.* – Monsieur, vous n'êtes qu'un sautoir[2] !

MADAME. – Un fifre[3] !

MADAME DE PERLEMINOUZE. – Un serpolet[4] !

MADAME. – Une iodure[5] !

MADAME DE PERLEMINOUZE. – Un baldaquin !

MADAME. – Un panier plein de mites !

MADAME DE PERLEMINOUZE. – Un ramasseur de quilles !

MADAME. – Un fourreur de pompons !

MADAME DE PERLEMINOUZE. – Allez repiquer vos limandes et vos citronnelles !

MADAME. – Allez jouer des escarpins sur leurs mandibules !

MADAME et MADAME DE PERLEMINOUZE, *ensemble.* – Allez ! Allez ! Allez !

LE COMTE, *ouvrant la porte derrière lui et partant à reculons face au public.* – C'est bon ! C'est bon ! Je croupis ! Je vous présente mes garnitures. Je ne voudrais pas vous arrimer ! Je me débouche ! Je me lappe ! *(S'inclinant vers Madame.)* Madame, et chère

1. **Bobèche** : partie supérieure d'un chandelier évasé qui recueille la cire.
2. **Sautoir** : collier très long.
3. **Fifre** : petite flûte traversière en bois ; désigne aussi celui qui en joue.
4. **Serpolet** : plante aromatique.
5. **Iodure** : sel de l'acide iodhydrique.

● **Allusion aux paroles d'encouragement (« Père, gardez-vous à droite ! Père, gardez-vous à gauche ! ») qu'aurait dites Philippe le Hardi à son père le roi Jean le Bon pendant la bataille de Poitiers où ils furent faits prisonniers en septembre 1356.**

cheminée !... *(Puis vers sa femme.)* Ma douce patère[1], adieu et à ce soir.

Il se retire.

MADAME DE PERLEMINOUZE, *après un silence.* – Nous tripions ?●
MADAME, *désignant la table à thé.* – Mais, chère amie, nous allions tortiller ! Tenez, voici justement Irma !

Irma entre et pose le plateau sur la table. Les deux femmes s'installent de chaque côté.

MADAME, *servant le thé.* – Un peu de footing ?
MADAME DE PERLEMINOUZE, *souriante et aimable, comme si rien ne s'était passé.* – Vol-au-vent !
MADAME. – Deux doigts de potence ?
MADAME DE PERLEMINOUZE. – Je vous en mouche !
MADAME, *offrant du sucre.* – Un ou deux marteaux ?
MADAME DE PERLEMINOUZE. – Un seul, s'il vous plaît !

Rideau.

Jean Tardieu, *Un mot pour un autre,*
in *Théâtre de chambre*, Gallimard, 1979.

1. **Patère** : dans l'Antiquité, vase sacré utilisé dans les cérémonies ; a aussi le sens de pièce de bois ou de métal fixée au mur et à laquelle on suspend des vêtements.

● **Après le départ du Comte, Madame de Perleminouze reprend le ton de la conversation mondaine qu'elle avait avant l'arrivée de son époux, comme si rien ne s'était passé.**

Tête-à-queue ou à chacun son témoignage

À la suite d'un accident d'automobile, le conducteur ayant été conduit à l'hôpital à fin d'examen, un agent interroge les présumés témoins (un ouvrier, un bourgeois et un dandy) pour établir son rapport...

L'AGENT *(après avoir demandé son identité à l'ouvrier).* – Alors, comment cela s'est-il passé ?

L'OUVRIER. – Ben voilà, monsieur l'agent... Je venais de sortir du bistrot, là... je vois une bagnole s'amener à toute vibure[1]... une Mercedes 220 SE à injection directe... ça bombe terrible !!! Là-dessus, il y a un corniaud de klébar[2] qui traverse la rue, la gueule enfarinée[3]... Ah ! dis donc !... Pourtant le mec, il a freiné à mort... et, là-dessus, il y a des pneus hydrauliques... ça bloque terrible... Mais comme il y a du verglas... la bagnole a ripé[4]... Le mec, il a braqué tout ce qu'il a pu... Et, pourtant, ça braque terrible, c'te bagnole-là... C'est une direction DB à billes avec rattrapage automatique... Mais quand ça patine... ça patine ! Le mec, il s'est retourné, cul par-dessus tête !

L'AGENT. – Vous voulez dire qu'il a fait un tête-à-queue ?

L'OUVRIER. – Oui, si vous voulez, c'est pareil !... La Mercedes a accroché l'arrière du klébar... et elle est allée s'avachir sur une 4 CV, modèle courant. Elle a changé d'expression, c'est moi qui vous le dis !

1. **Vibure** : vitesse (registre de langue populaire).
2. **Klébar** : chien.
3. **La gueule enfarinée** : sans se méfier.
4. **Riper** : déraper.

L'AGENT. – Qui a changé d'expression ?

L'OUVRIER. – La 4 CV, tiens !

L'AGENT. – Qu'est-ce que vous entendez par « changer d'expression » ?

L'OUVRIER. – Ça veut dire qu'elle en a pris un coup dans l'aile !

L'AGENT. – Vous aussi, vous m'avez l'air d'en avoir pris un coup dans l'aile !

L'OUVRIER. – Ah non ! moi, je n'ai rien !

L'AGENT. – Bon, enfin !... D'après vous, qui était dans son tort ?

L'OUVRIER. – Ben... D'après moi, c'est le klebs[1] !

L'AGENT. – Merci !... Au suivant !

LE BOURGEOIS. – Moi !

L'AGENT. – Racontez !

LE BOURGEOIS *(après avoir décliné son identité)*. – Oh ! ce n'est pas difficile ! La voiture devait rouler très vite... Parce que, maintenant, les gens roulent comme des fous... les jeunes surtout. Ils ne respectent rien ! Dans mon quartier, il y a une bande de jeunes... Après 10 heures du soir, avec leurs motos, ils font un pétard de tous les diables... Et personne ne dit rien ! Enfin !...

L'AGENT. – Au fait, monsieur ! Au fait !

LE BOURGEOIS. – Alors, le conducteur est arrivé au carrefour... Il a dû voir un chien traverser tout seul ! Parce que les chiens se baladent comme ils veulent ! Dans mon quartier, il y en a cinq ou six, toujours les mêmes, qui se promènent en liberté ! Et personne ne dit rien ! Enfin !...

L'AGENT. – Les faits, monsieur ! Les faits !

LE BOURGEOIS. – Alors, quand l'automobiliste a vu le chien, il a dû vouloir freiner... et comme la rue est verglassée... ça devait

1. **Klebs** : chien.

arriver ! ! ! Ça fait trois jours qu'il y a du verglas… Vous ne croyez pas que les pouvoirs publics pourraient s'en occuper ? Non ! Ils n'auraient pas pu mettre un peu de sable là-dessus ? Ou du sel ?… On paie assez d'impôts, non ? Mais comme personne ne dit rien… ils laissent glisser… Alors, la voiture a dérapé et après avoir fait un tête-à-queue et accroché le chien, elle est

Raymond Devos au Festival de Carpentras, 1998.

allée buter contre ma voiture qui était en stationnement... Car c'est ma voiture qui a pris ! Monsieur !

L'AGENT. – Ah... vous êtes le... propriétaire de la 4 CV ?

LE BOURGEOIS. – C'est exact !

L'AGENT. – Vous êtes assuré ?

LE BOURGEOIS. – Naturellement ! Je suis assuré, mais ma voiture étant garée du mauvais côté... L'assurance va en profiter pour me chercher noise[1], parce que lorsqu'il s'agit de payer, ils se font tirer l'oreille, les assurances ! Là, j'en ai au moins pour cent mille balles de réparations !

L'AGENT. – Vous étiez dans votre voiture ?

LE BOURGEOIS. – Non ! J'étais chez moi, j'habite là, au-dessus du café ! Tout à coup, j'ai entendu boum ! et ça m'a réveillé !

L'AGENT. – Parce que vous dormiez ?

LE BOURGEOIS. – Eh bien, oui !

L'AGENT. – Alors, vous n'avez rien vu ?

LE BOURGEOIS. – Non ! Mais ce n'est pas difficile d'imaginer...

L'AGENT. – Votre témoignage n'est pas valable puisque vous dormiez.

LE BOURGEOIS. – Et alors ? Je n'ai pas le droit de dormir ?... Je n'ai pas le droit d'avoir la digestion difficile... Je ne vois pas pourquoi je m'interdirais de faire une petite sieste après déjeuner !

L'AGENT. – Bon ! Allez, ça va !... Au suivant !

LE DANDY[2] *(après s'être présenté)*. – Eh bien, voilà, monsieur l'agent... Je me rendais aux courses à Longchamp, pour y voir courir une pouliche de deux ans appartenant au baron Molestein lorsque, à la croisée des rues de Rivoli et du Louvre, je vis un chien, un superbe boxer à poil ras, dru et lustré, le crâne légèrement bombé, oreilles amputées aux deux tiers de leur longueur,

1. **Chercher noise** : chercher des ennuis.
2. **Dandy** : homme élégant et affecté.

modérément larges et portées droites, la gueule enfoncée, ce qui est tout à fait caractéristique chez les boxers...

L'AGENT. – Il me suffit de savoir que c'était un chien !

LE DANDY. – Oui ! Bref ! Je vis ce chien quitter le trottoir où je me trouvais et traverser la rue pour se rendre sur celui d'en face. Il avait une allure folle ! Les membres fortement charpentés, rigoureusement verticaux pour les antérieurs, légèrement convergents pour les postérieurs, vus de derrière, cela va de soi, pieds serrés, bien arqués, genre pieds de chat, vous savez...

L'AGENT. – Bref !

LE DANDY. – Oui ! Bref... Il traversait la rue lorsque surgit ce que l'on nomme communément une voiture tirée par ce que le progrès a l'outrecuidance d'appeler des chevaux●... Mon Dieu !

L'AGENT. – Bref !

LE DANDY. – Bref ! Le chien, flairant le danger, s'arrêta... Le conducteur vit-il trop tard l'animal ? Prit-il peur ? Toujours est-il que la voiture, après avoir fait un tête-à-queue magistral, vint heurter le chien qui, après un bond prodigieux de plusieurs mètres, retomba sur le sol sans prononcer une parole ! Me portant au plus vite sur les lieux, je vis que le chien avait le dos court, les reins et la croupe larges et musclés, la tête en forme de cube et la queue amputée à la quatrième vertèbre caudale[1]... C'est-à-dire qu'il n'avait rien ! Juste un peu étourdi... C'est un peu le défaut des boxers... Ils sont étourdis ! C'est tout, monsieur l'agent...

1. **Caudale** : de la queue.

● **Les chevaux désignent ici l'unité de mesure de cylindrée ; le dandy qui aime les courses de chevaux trouve déplacé que l'on utilise le nom de ce noble animal dans le domaine technique de l'automobile.**

L'AGENT. – Je vous remercie !

LE DANDY. – Vous n'auriez pas un journal ? Je voudrais savoir si ma pouliche a gagné...

L'agent entre dans le café, décroche l'appareil et téléphone son rapport.

L'AGENT. – Voilà : La voiture immatriculée 9-11-22 à Saint-Maur-des-Fossés dans le Val-de-Marne et appartenant à M. BOXER, né à Mercedes le 2230-F-94, est entrée en collision à la suite d'un glissement de terrain avec un autre véhicule, une quatre chevaux – dont une pouliche appartenant à M. Mmithlestein qui habite au carrefour des rues de Rivoli et Louvre, au lieu-dit où a eu lieu l'accident.

Au dire des témoins, M. Boxer, qui somnolait tranquillement à la fenêtre de sa voiture, roulait vite... Apercevant mais trop tard un chien de race, un superbe klébar à poil long et à injection directe qui allait faire ses courses à Longchamp (toujours au dire des témoins), le conducteur changea d'expression, rongea son frein jusqu'à l'os pour éviter le chien... Bref, glissant sur les détails, la voiture fit un coq-à-l'âne, écrasant le chien, dont le sang ne fit qu'un tour de la tête à la queue, butant contre la quatre chevaux, il écrasa en fin de course la pouliche qui, au dire du propriétaire, aurait pu lui rapporter cent mille francs. Bref, ce n'est pas d'un très bon rapport[1].

Raymond Devos, *Tête-à-queue ou à chacun son témoignage*, in *Sens dessus dessous*, Éditions Stock.

1. **Ce n'est pas d'un très bon rapport** : cela ne rapporte pas beaucoup d'argent. Jeu de mots lié au rapport très confus sur l'accident que fait l'agent au téléphone.

La Leçon de piano

Un joue une note.

DEUX. – Non, j'ai dit do.

UN, *chante et joue.* – DO.

DEUX. – Vous dites do, mais vous me faites un ré.

UN. – Je vous fais un ré, moi ?

DEUX. – Mais oui, vous me faites un ré. Et comment !

UN. – Ah ? Je sais pas comment vous arrivez à faire une différence.

DEUX. – Allons, allons ! Une différence ! Y a qu'à regarder ! Où sont les deux petites notes noires ?

UN. – Euh... Une deux trois : c'est pas celles-là... Là !

Il joue.

DEUX. – Eh bien, je vous ai dit cent fois que le do, c'était juste devant les deux petites notes noires.

UN. – Ah ! Ah ! oui ! Ah !

DEUX. – Bon. Alors qu'est-ce que vous attendez. Faites-le-moi, ce do.

UN. – Eh ! c'est que... eh-eh-eh !

DEUX. – Quoi : eh-eh-eh ?

UN. – Ben, c'est qu'il y en a plusieurs, des notes comme vous dites, juste devant deux petites notes noires.

DEUX. – Prenez n'importe laquelle ! Celle qui est devant votre nombril !

UN. – Ah bon, parce que c'est toutes des dos, toutes ces notes-là ?

DEUX. – Oui.

UN. – Ah bon. Eh bien dites donc, vous en avez des dos, sur votre piano. 1, 2, 3, 4, 5, 6, 7 dos, rien que ça. Et celui-là là-haut en plus, mais on ne peut pas dire que c'est vraiment un do, puisqu'il est pas devant deux petites notes noires, vu qu'à cet endroit-là, c'est la fin du piano. Après c'est du bois.

Il cogne.

François Morel et Jacques Gamblin dans Les Diablogues *de Roland Dubillard. Mise en scène d'Anne Bourgeois, La Rochelle, 2007.*

DEUX. – Oui, eh ben, c'est un do quand même.

UN. – Eh ben comme ça, ça vous en fait huit. Huit dos. C'est un piano de luxe, hein, votre piano ? C'est un Pleyel[1], hein ?

DEUX. – Écoutez, Monsieur, nous sommes là pour travailler, pas pour faire de la théorie. Sur tous les pianos, y en a huit, des dos, Monsieur, si vous voulez savoir. Maintenant voulez-vous avoir l'obligeance de m'en jouer un.

UN. – Bon. Je vais vous jouer, voyons, voyons... Je vais vous jouer celui-là. Pas d'objection[2] ?

DEUX. – Oui, eh ben, ça nous verrons. Quand vous l'aurez joué, je vous dirai ce que j'en pense.

Un temps.

DEUX. – Alors ?

UN. – Une seconde. Attendez que je me rappelle... Sais plus, tiens !... C'est drôle, c'est des trucs qu'on se dit : « Je m'en souviendrai, c'est pas difficile ! » et puis résultat, ça m'est complètement sorti de la tête, vous voyez.

DEUX. – Quoi ? Je viens de vous dire où il était, ce do ! Jouez-le !

UN. – Je le vois bien, ce do : il est là ! Mais pour ce qui est de le jouer, je suis désolé, professeur, mais je ne me rappelle plus comment on fait.

DEUX. – Écoutez, Monsieur, vous n'êtes vraiment pas doué. Comment on fait ! On appuie dessus, tout simplement ! Être obligé de vous rappeler cette notion élémentaire alors que nous en sommes à notre 15e leçon, voyons, Monsieur, qu'est-ce que vous voulez que je pense !

1. **Pleyel** : marque réputée de pianos.
2. **Objection** : opposition.

UN. – Ah non, là, alors, là, non ! Vous me prenez réellement pour un imbécile. Appuyer dessus ! Je sais bien qu'il faut lui appuyer dessus, à ce do. D'ailleurs y a pas qu'à lui qu'il faut appuyer dessus, toutes les notes c'est pareil. Ça n'est pas difficile. Tenez, regardez, histoire de rire, levez-vous un peu de la banquette, que je me lève, vous allez voir comment je vais vous appuyer une bonne douzaine de notes d'un seul coup, tiens... *(Fracas : il s'assied sur le clavier.)*

... rien qu'avec mes fesses !

DEUX. – Voulez-vous ! Monsieur, un piano... Rasseyez-vous sur la banquette ! Et tout de suite !

UN. – Eh là, doucement, jeune homme. Je vous préviens dès à présent que je ne tolérerai pas que vous me manquiez de respect. N'oubliez pas que je pourrais être votre grand-père.

DEUX. – Je ne l'oublie pas, Monsieur, mais mon piano est mon instrument de travail, je n'ai que lui dans la vie et...

UN. – Et n'oubliez pas non plus que je vous paye.

DEUX. – Sans doute, Monsieur, mais, dans votre intérêt même, je tiens à ce que les leçons que je vous donne, restent euh...

UN. – Je plaisantais, Monsieur. Je voulais simplement vous montrer que toutes ces touches, je sais fort bien qu'elles sont faites pour qu'on appuie dessus.

DEUX. – Ça dépend avec quoi, Monsieur.

UN. – Justement : nous y voilà. Voulez-vous m'aider à tirer la banquette... Ce do, Monsieur le professeur, ce do que voici devant nous, vous allez encore me dire que je ne suis pas doué ! Je me rappelle parfaitement qu'il faut que j'appuie dessus, mais je ne me rappelle pas du tout avec quoi.

DEUX. – Ordinairement, on appuie sur les touches d'un piano avec ses doigts, Monsieur.

UN. – Mais ce do-là, précisément. Monsieur, avec les doigts de quelle main faut-il que j'appuie dessus ?

DEUX. – Avec les doigts d'une main, Monsieur, d'une main prise au hasard.

UN. – Alors, on appuie sur n'importe quel do avec les doigts de n'importe quelle main ?

DEUX. – Oui, Monsieur. Ça dépend de ce qu'on veut en faire par la suite, de ce do, n'est-ce pas ? Mais nous n'en sommes pas encore là.

UN. – Bon. Alors disons n'importe quelle main : celle-ci par exemple. Pour éviter toute confusion, je vais mettre l'autre dans ma poche... Alors.

DEUX. – Do, Monsieur ! J'ai dit do.

UN. – Avec quel doigt ? Parce qu'il faut encore choisir.

DEUX. – N'importe quel doigt, Monsieur.

UN. – Je m'en doutais. Écoutez Monsieur, ce sont drôles de leçons que les vôtres. Qu'est-ce que vous m'avez appris aujourd'hui ? Que je pouvais jouer n'importe quel do en appuyant dessus avec n'importe quel doigt de n'importe quelle main. Dites tout de suite que vous me laissez me débrouiller. Tenez, le voilà, votre do ! *(Il joue ré et chante :)* Do !

DEUX. – Vous dites do, mais vous me faites ré !

UN. – Pouvez pas le savoir, vous regardiez pas.

DEUX. – Mais enfin, Monsieur, pourquoi voulez-vous apprendre à jouer du piano ?

UN. – Ce n'est pas moi qui veux, Monsieur, je vous jure bien. C'est mon papa et ma maman.

Roland Dubillard, *La Leçon de piano*, in *Les Dialogues et autres inventions à deux voix*, 1976, Éditions Gallimard.

*« Boubouroche » de Georges Courteline, 1893. Pièce jouée à la Comédie française en 1910.
Paris, BNF, Département des Arts et du spectacle.*

LE DOSSIER

Petites comédies

Cinq comédies courtes : de Molière à Dubillard

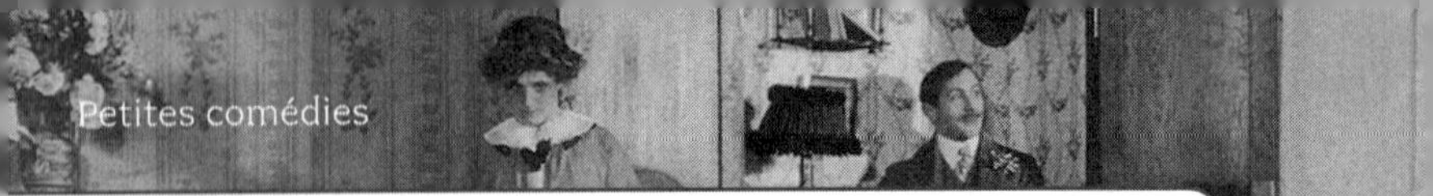

À quand remonte la tradition comique au théâtre ?

Le théâtre comique est apparu durant l'Antiquité et s'est transmis jusqu'à nous sous différentes formes : farce, comédie, vaudeville, sketch…

● UNE INVENTION GRECQUE

Le théâtre comique est né en Grèce des *kômos*, processions burlesques qui se déroulaient lors des fêtes données en l'honneur de Dionysos. Les pièces sont alors jouées en plein air. Tous les rôles sont interprétés par des hommes qui portent des masques exprimant de façon exagérée les sentiments qu'ils expriment.
Les auteurs de comédies dont les pièces sont parvenues jusqu'à nous sont Aristophane (environ 450-386 av. J.-C.) et Ménandre (environ 342-292 av. J.-C.).
À Rome, les auteurs les plus connus de la comédie latine, inspirée de la comédie grecque, sont Plaute (environ 254-184 av. J.-C.) et Térence (environ 190-159 av. J.-C.).

● LES FARCES DU MOYEN ÂGE

Avec la chute de l'Empire romain, le théâtre disparaît : il ne renaît qu'au Moyen Âge. Parmi les différents types de spectacles : la farce, une courte pièce comique destinée à faire rire un public populaire qui s'amuse des coups de bâton et des jurons qu'échangent les personnages. Les farces sont jouées en plein air sur des tréteaux, souvent lors des foires.

Dans une farce, un personnage joue un bon tour à un autre. Les personnages types sont le mari jaloux, la femme rusée et infidèle, l'homme de loi malhonnête…. Parmi les farces les plus connues : La Farce de maître Pathelin *et* La Farce du cuvier.

● ON IMPROVISE !

La *commedia dell'arte* apparaît en France en 1571 avec l'arrivée de la troupe des Gelosi (comédiens italiens venus jouer à la cour de France), bientôt suivie par d'autres troupes. Molière, enfant, assistera à leurs spectacles.
Ce théâtre se joue au canevas : autrement dit, à partir d'une situation donnée, les acteurs improvisent. Les personnages sont toujours les mêmes : Arlequin, Pantalon, Brighella…, reconnaissables à leurs costumes et à leurs masques.

● ET MOLIÈRE VINT…

Au XVIIe siècle, on continue à jouer des farces aussi bien sur les tréteaux en plein air que dans des théâtres, mais c'est à cette époque, avec Molière, que la comédie acquiert ses lettres de noblesse. De 1659 à 1673, celui-ci écrit plus de trente comédies et utilise tous les ressorts du théâtre comique : les coups de bâton de la farce, les bouffonneries des valets de la *commedia dell'arte*, mais aussi la comédie de caractère et la comédie de mœurs.
Au XVIIIe siècle, la comédie évolue avec deux grands auteurs, Marivaux et Beaumarchais.

● DU VAUDEVILLE AU SKETCH

Pendant la seconde moitié du XIXe siècle, le théâtre de boulevard, ainsi nommé parce qu'il se joue dans les théâtres des Grands Boulevards, et le vaudeville attirent les foules qui veulent se divertir.

Un vaudeville est une comédie légère, riche en rebondissements.

Entre 1870 et 1914, les grands noms du théâtre comique sont, entre autres, Labiche, Feydeau et Courteline. Quiproquos et coups de théâtre se succèdent dans leurs pièces, les auteurs se moquant au passage des travers de la société bourgeoise contemporaine.
Au XXe siècle, d'autres formes de théâtre apparaissent, dans lesquelles le rire est provoqué par le décalage entre les situations et l'absurdité du langage. Selon les auteurs, le rire est plus ou moins grinçant. Ainsi Jean Tardieu a-t-il créé de véritables comédies du langage. Mais, dans le « théâtre de l'absurde », l'absurdité du langage, reflet de la déraison de l'homme, prend des accents tragiques.
Inspirés de la vie quotidienne, les sketches de Roland Dubillard, de Raymond Devos ou de Coluche sont de courtes pièces humoristiques, à tonalité satirique.

Le théâtre de l'absurde

Issu du traumatisme lié à la Seconde Guerre mondiale, le théâtre de l'absurde veut mettre en scène l'absurdité de notre condition. Il rompt complètement avec la comédie classique, en réduisant les personnages au rang de pantins et en ôtant toute cohérence à l'intrigue et aux dialogues. Eugène Ionesco et Samuel Beckett en sont les représentants les plus connus.

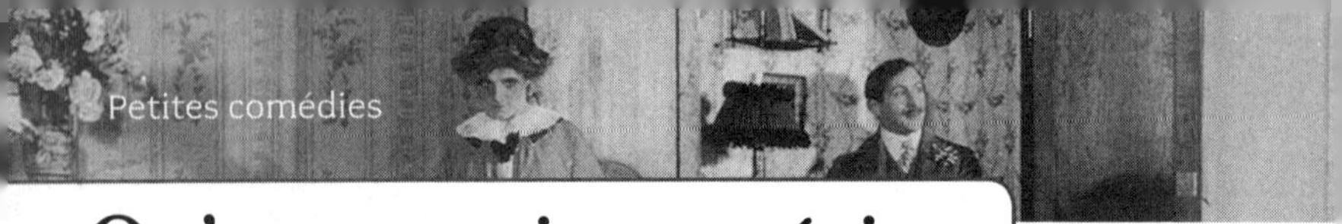

Qu'est-ce qui caractérise une œuvre comique ?

Une œuvre comique a pour caractéristique principale de susciter le rire ou le sourire. Mais les moyens mis en œuvre par les auteurs sont extrêmement variés.

● LES DIFFÉRENTS PROCÉDÉS COMIQUES

Une comédie fait rire. Mais comment ? On distingue différents types de comique, selon les procédés utilisés :
- le comique de gestes (grimaces, coups de bâton, poursuites...) ;
- le comique de langage (tics de langage, exagérations, insultes, jeux de mots, phrases qui ne veulent rien dire...) ;
- le comique de situation (un personnage tombe dans un piège. Telle est la situation de base, que l'auteur peut travailler au moyen d'un quiproquo*, d'une péripétie*, d'un coup de théâtre*...) ;
- le comique de caractère (un personnage présente un défaut tellement excessif qu'il en devient risible).

La répétition, ressort clé du comique

Qu'est-ce qui fait rire ? Selon Bergson (Le Rire), le comique est lié à la répétition. Ainsi, la répétition d'un geste, d'un mot, d'une situation, la manifestation à plusieurs reprises d'un trait de caractère font rire.

● QUESTION DE REGISTRE !

Une comédie ne fait pas toujours rire de la même façon. Le registre comique comporte de nombreuses nuances, dont voici les principales.
- La farce joue sur l'exagération en poussant les situations jusqu'à l'invraisemblance et en caricaturant les personnages.
- Le burlesque naît du contraste entre un contexte sérieux et un discours grossier, ou l'inverse.

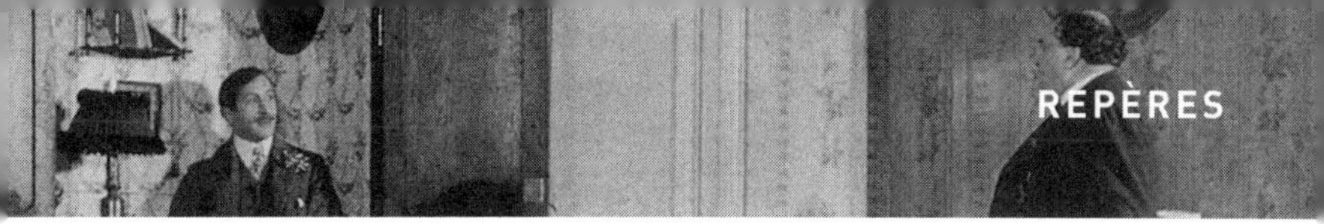

Le burlesque dans les pièces du recueil

Dans La Jalousie du Barbouillé, *le Docteur exige des autres du respect mais relève sa robe et montre son postérieur. Dans le texte de Cami,* Un beau rôle !, *le burlesque naît du contraste entre le discours emphatique des personnages sur le rôle du Fils et la réalité de ce rôle.*

- La parodie est une imitation moqueuse. Molière met dans la bouche du Docteur une parodie du discours savant, qui le ridiculise.
- La satire est la critique virulente et moqueuse d'un défaut.
- L'humour attire l'attention sans méchanceté sur les aspects plaisants ou insolites de la réalité.
- La fantaisie verbale utilise les ressources comiques du langage lui-même. Elle peut aboutir à l'absurde. C'est ce que fait, par exemple, Tardieu en remplaçant des mots par d'autres.
- L'absurde repose sur des situations et des propos déroutants par leur absence de logique, comme dans *La Leçon de piano* de Dubillard.

● FAIRE RIRE MAIS POURQUOI ?

Quelles sont donc les fonctions du théâtre comique ? La première fonction, revendiquée par Molière, est tout simplement de divertir les spectateurs. Cependant Molière affirme que cet objectif se double d'une visée morale : en se moquant des défauts d'un personnage ou des travers de la société, l'auteur incite le spectateur à réagir et à adopter une attitude critique.
Le théâtre de l'absurde, lui, veut montrer l'absurdité du monde qui nous entoure. Mais peut-on encore parler de théâtre comique, dans ce cas ?

Corriger les hommes en les divertissant

Molière fixe ainsi le rôle de la comédie en écrivant au roi en 1664 pour défendre Tartuffe, *une de ses pièces menacée de censure : « Le devoir de la comédie étant de corriger les hommes en les divertissant, j'ai cru que dans l'emploi où je me trouve, je n'avais rien de mieux à faire que d'attaquer par des peintures ridicules les vices de mon siècle. » (Molière, Premier placet au Roi sur la comédie du* Tartuffe, *1664)*

Étape I • Étudier un personnage de farce dans *La Jalousie du Barbouillé*

SUPPORT : *La Jalousie du Barbouillé*, scènes 2 et 6

OBJECTIF : Étudier le discours et le comportement du Docteur et mettre en évidence son caractère caricatural.

As-tu bien lu ?

1 Pour quelle raison le Barbouillé aborde-t-il le Docteur dans la scène 2 ?

2 Que fait le Docteur ?
☐ Il apporte une solution au problème du Barbouillé.
☐ Il passe son chemin sans même faire attention à lui.
☒ Il lui parle de tout à fait autre chose.

3 Pourquoi le Docteur accourt-il dans la scène 6 ?
☐ Parce qu'il est curieux.
☐ Parce qu'il veut venir en aide aux personnages.
☐ Parce qu'il n'a rien d'autre à faire.

4 Le Docteur écoute-t-il attentivement ses interlocuteurs ? Que fait-il ?

5 Les personnages sont-ils satisfaits des interventions du Docteur à la fin des deux scènes ? Relève deux phrases qui l'indiquent.

Un personnage de farce : le Docteur

6 Que reproche le Docteur au Barbouillé au début de la scène 2 ?

7 Le Docteur veut qu'on le salue par les termes « Doctor Doctorum eruditissime ». Quel trait de caractère manifeste-t-il ainsi ?
☐ de la modestie ☒ de la vanité ☐ de l'intelligence

8 Compare la longueur des répliques du Docteur à celles du Barbouillé. Quel sujet aborde le Docteur ? Ce sujet justifie-t-il un temps de parole aussi long ?

9 Dans une des didascalies de la scène 2, relève un geste du Docteur qui est en contradiction avec ce qu'il prétend être, à savoir un homme digne de respect.

10 Que demande le Docteur à Gorgibus dans la scène 6 ? Lui-même agit-il ainsi ? Pourquoi son comportement est-il en contradiction avec ses paroles ? Quel est l'effet produit ?

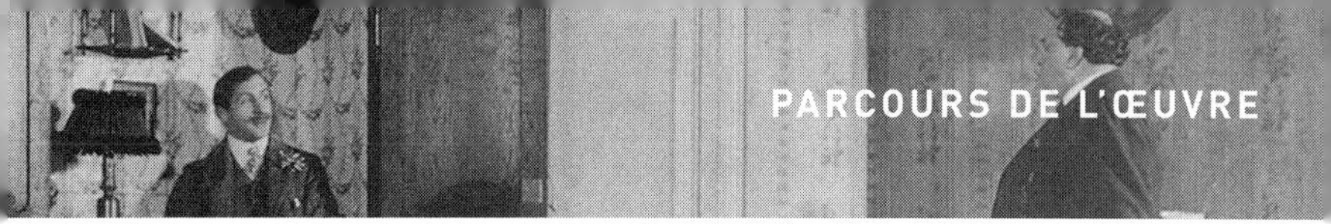

Un personnage tourné en ridicule

11 Dans les deux scènes, relève les expressions, les changements de ton et les gestes qui indiquent que le Barbouillé perd peu à peu tout respect pour le Docteur.

12 Que se passe-t-il dans la didascalie de la fin de la scène 6 ? Montre que la scène se termine dans la confusion la plus totale.

La langue et le style

13 Les expressions en italiques sont-elles en latin, en italien ou en espagnol ? Le Barbouillé connaît-il cette langue ?

14 Quel sens le Docteur donne-t-il au verbe *venir* dans l'expression « Sais-tu bien d'où vient le mot de *galant homme* » ?
Comment le Barbouillé comprend-il ce même verbe ?
Que penses-tu de l'explication donnée par le Docteur ?

15 Relève dans les répliques du Docteur des termes appartenant au champ lexical de la rapidité (scène 6).

Faire le bilan

16 Complète la présentation du personnage du Docteur avec les mots suivants : *fatras, exagération, réconcilier, répétition, science, secours, supériorité.*
« Le Docteur est censé, grâce à ses connaissances, trouver le moyen de ...... le Barbouillé et sa femme. Mais il ne joue en aucun cas ce rôle. Sa ...... n'est qu'un ...... de références mal assimilées et il est si préoccupé de lui-même et si convaincu de sa ...... qu'il ne peut guère porter ...... à autrui.
Molière nous fait rire de ce personnage en jouant en particulier sur deux ressorts : la ...... et l'...... . »

À toi de jouer

17 Joue la scène 6 avec cinq autres élèves. Mets bien en évidence le caractère ridicule du Docteur et le jeu de scène suggéré par Molière dans la didascalie finale.

Étape 2 • Étudier une situation de farce : le trompeur trompé

SUPPORT : *La Jalousie du Barbouillé*, scènes 10 et 11

OBJECTIF : Analyser un retournement de situation et faire le point sur les aspects de farce de la pièce.

As-tu bien lu ?

1 Pour quelle raison la porte de la maison est-elle fermée lorsqu'Angélique revient chez elle ?
- ☐ Il n'y a personne dans la maison.
- ☐ Cathau a oublié que sa maîtresse n'était pas rentrée.
- ☐ Le Barbouillé a fermé exprès la porte.

2 Où se trouve chaque personnage au début de la scène ? Où est-il à la fin ?

3 Que s'est-il passé entre ces deux moments ?

Une femme rusée

4 Angélique recourt successivement à plusieurs procédés pour que son mari lui ouvre la porte. Retrouve les passages correspondants.

	Procédé d'Angélique
l. ...... à	Elle attise la curiosité de son mari.
l. ...... à	Elle lui reproche d'avoir un discours contradictoire.
l. ...... à	Elle se montre tendre et fait appel à sa pitié.
l. ...... à	Elle menace de se tuer.

Un renversement de situation : le trompeur trompé

5 Pourquoi le Barbouillé pensait-il avoir réduit Angélique à sa merci ?

6 Comment le Barbouillé réagit-il aux prières de sa femme ?
- ☐ Il se laisse fléchir.
- ☐ Il se moque d'elle.
- ☐ Il l'insulte.

7 Pour quelle raison le Barbouillé descend-il voir ce qui se passe alors qu'il ne croit pas à ses menaces ? Quel détail a pu le faire changer d'avis ?

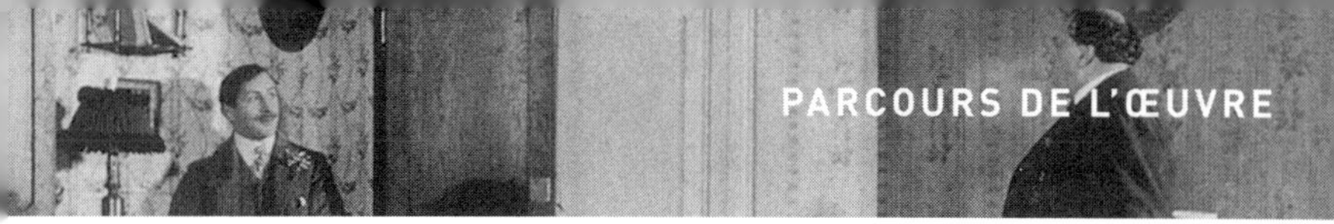

8 De quel trait de caractère fait il preuve ici ? T'y attendais tu ? Pourquoi ?

9 Quel jeu de scène utilisé au début est à la fin repris par Angélique ? Quelle différence remarques-tu ? Quel effet produit ce jeu de scène ?

La langue et le style

10 Quelle différence de sens vois-tu entre *inflexible*, *vindicatif* et *inexorable* ? Lesquels sont presque synonymes ?

11 Cette scène de théâtre n'est compréhensible pour le lecteur que s'il imagine les déplacements des deux personnages. Ajoute à l'endroit qui convient les didascalies évoquant ces déplacements.

Faire le bilan

12 Qui voulait tromper qui dans cette scène ? Qui est trompé en définitive ? Essaie de définir ce qu'est un renversement de situation.

13 À l'aide des réponses apportées aux questionnaires 1 et 2, récapitule tous les aspects de la farce présents dans *La Jalousie du Barbouillé*. Complète le texte ci-dessous avec les mots suivants : *farce* (deux fois), *caractère, tour, dénouement, jaloux, piégé, rusée, savant, vaniteux*.
« *La Jalousie du Barbouillé* compte trois personnages principaux : le Barbouillé ou le mari ......, Angélique ou l'épouse ...... et le Docteur, un personnage ...... et faussement .... Ces trois personnages sont typiques de la .... Leur ...... se réduit à un défaut.
Dans cette pièce, le Barbouillé pensait avoir ...... Angélique mais c'est finalement elle qui lui joue un bon .... Ce ...... est également très représentatif du genre de la .... »

À toi de jouer

14 Le professeur réprimande votre classe qui n'a pas révisé le contrôle prévu ce jour-là. Or, après intervention des élèves, l'enseignant s'aperçoit que ce contrôle est, en fait, destiné à une autre classe et il finit par s'excuser. Racontez ce renversement de situation.

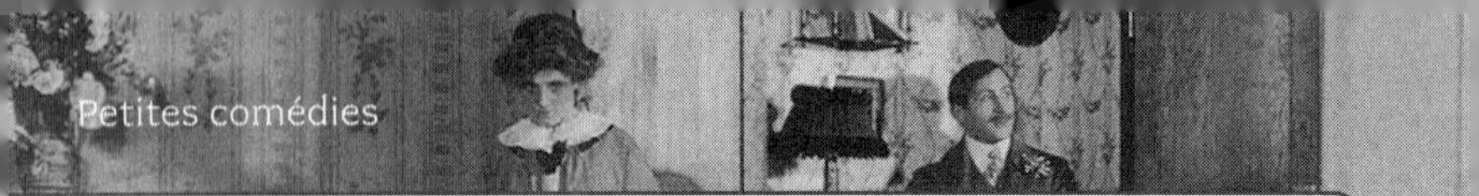

Étape 3 • Observer les jeux avec le langage dans *Un mot pour un autre* et *Tête-à-queue*

SUPPORT : *Un mot pour un autre* et *Tête-à-queue ou à chacun son témoignage*

OBJECTIF : Mettre en évidence la façon dont certains écrivains de théâtre contemporains jouent avec le langage.

As-tu bien lu ?

1 Quelle épidémie s'est abattue, vers 1900, sur la population des villes, d'après le Récitant d'*Un mot pour un autre* ?

2 Dans *Tête-à-queue*, l'agent de police relève les dépositions des témoins :
- ☐ d'un vol dans une bijouterie.
- ☐ d'un crime.
- ☐ d'un accident de voiture.

3 Quels sont les trois témoins interrogés dans *Tête-à-queue* ? Le bourgeois est-il un témoin digne de foi ? Pourquoi ?

4 Quelle est la caractéristique des paroles prononcées par les personnages dans *Un mot pour un autre* ?

Le langage, révélateur d'une classe sociale

5 À quelle classe sociale appartiennent les trois personnages d'*Un mot pour un autre* ? Relève différents indices dans la pièce.

6 Quels sont les sujets de conversation entre Madame et Madame de Perleminouze ? Sont-ils très profonds ?

7 Par quels mots chacun des témoins de *Tête-à-queue* désigne-t-il l'animal qui a été heurté par la voiture ? Complète le tableau.

Personnage	Mot désignant l'animal	Niveau de langue

Lequel est le plus précis ? Pourquoi ?

8 Qui prononce les phrases suivantes ?
a. « La bagnole a ripé… le mec, il s'est retourné cul par-dessus tête… »
b. « La voiture a dérapé et après avoir fait un tête-à-queue… »
c. « Toujours est-il que la voiture, après avoir fait un tête-à-queue magistral, vint heurter le chien… »

Un mot pour un autre : un dialogue complètement « décalé »

9 Les personnages d'*Un mot pour un autre* se comprennent-ils ?

10 Qu'est-ce qui fait que les spectateurs eux aussi peuvent comprendre ? Pour répondre, étudie les mots utilisés (leurs ressemblances avec ceux qu'ils remplacent) et les didascalies.

Tête-à-queue : un drôle de rapport

11 Quel est le souci majeur de l'agent lorsqu'il interroge les témoins ?

12 Que se passe-t-il lorsque l'agent téléphone son rapport au commissariat ? Montre que le langage dérape, comme la voiture. Qu'y a-t-il de comique dans ce rapport final ?

La langue et le style

13 Reprends le texte de *Un mot pour un autre* (lignes 611 à 621, de « Fiel » à « je grippe tout »). Remplace les mots qui te paraissent décalés par ceux que les personnages auraient dû prononcer.

14 L'auteur de *Tête-à-queue* joue avec le double sens de mots et d'expressions. Montre que l'expression « prendre un coup dans l'aile » (l. 757) et l'adjectif « étourdi » (l. 843) sont ainsi utilisés à la fois au sens propre et au sens figuré dans le dialogue.

Faire le bilan

15 À partir des réponses précédentes, peux-tu dire en quoi le langage est révélateur du milieu social dans lequel évoluent les personnages dans les deux pièces étudiées ?

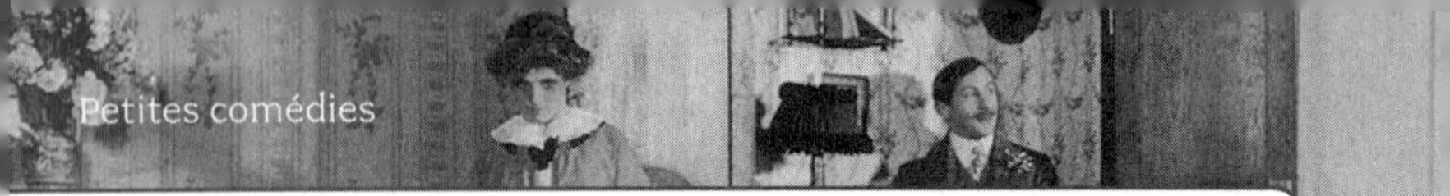

Étape 4 • Identifier les sources du comique dans *Un beau rôle !* et *La Leçon de piano*

SUPPORT : *Un beau rôle ! — La Leçon de piano*

OBJECTIF : Déterminer pourquoi et comment chacune des deux pièces suscite le rire.

As-tu bien lu ?

1 En quoi consiste le rôle que vient d'obtenir le Fils dans *Un beau rôle !* ?
- ☐ C'est un premier rôle.
- ☐ C'est le rôle principal dans la pièce.
- ☐ C'est un rôle mineur avec un seul mot à prononcer.

2. Le Fils connaît-il le succès espéré le soir de la représentation? Cite une phrase qui l'indique.

3 Quelle erreur commet Un dans *La Leçon de piano* ? L'a-t-il corrigée à la fin de la scène ?

Des personnages sans identité précise

4 Pour chaque personnage de *La Leçon de piano*, indique : son nom, son âge approximatif, son rôle. Quel est l'effet produit ?

5. Quels noms Cami a-t-il donnés aux trois personnages d'*Un beau rôle !* ? Quelles précisions apportent ces noms ?

6 En quoi le dénouement d'*Un beau rôle !* illustre-t-il en partie le nom du fils ? Mérite-t-il encore le qualificatif d'« artiste d'avenir » à la fin de la pièce ?

Un beau rôle ! : un décalage comique

7 Comment réagissent les parents à l'annonce du rôle décroché par leur fils dans *Un beau rôle !* ? Cette réaction est-elle proportionnée au rôle ?

8 Énumère ce que fait le Fils pour travailler son rôle. Ce travail est-il à la mesure du rôle ?

9 De quel registre de langue relèvent les propos des membres de la famille ? Ce registre est-il adapté à la situation ?

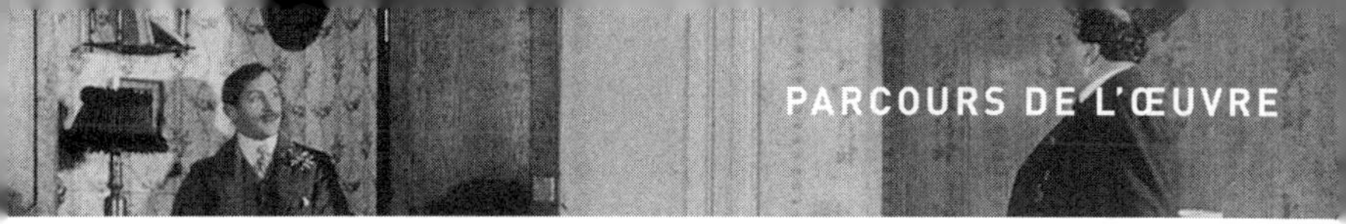

10 Il y a un décalage entre le discours des trois personnages et l'importance du rôle. Quel est l'effet produit ?

La Leçon de piano : un dialogue de sourds, un dénouement absurde

11 « Monsieur, vous n'êtes vraiment pas doué » : justifie cette remarque de Deux par des exemples précis.

12 « Je vous ai dit cent fois que le do, c'était juste devant les deux petites notes noires » : l'explication de Deux est-elle claire ? Pour quelle raison ?

13 Comment la conversation entre les deux hommes dérape-t-elle ? Relève des marques d'énervement de la part des deux personnages.

14 Analyse le bilan de *La Leçon de piano* établi par Un (l. 972 à 976). Coche deux affirmations contradictoires mais justes.
- ☐ Ce bilan est sans rapport avec le déroulement de la leçon.
- ☐ Les faits donnent raison à Un.
- ☐ Un est de mauvaise foi.

15 La dernière réplique de Un provoque un effet de surprise : que nous apprend-elle ? En quoi sa situation paraît-elle absurde ?

La langue et le style dans *Un beau rôle !*

16 Quel est le mot que doit prononcer le Fils dans la pièce pour laquelle il a été engagé ? À quel niveau de langue appartient ce mot ?

17 Quel adjectif au superlatif le concierge choisit-il pour qualifier ce mot ? Par quel adjectif lui répond le Fils ? Quel est l'effet produit ?

Faire le bilan

18 Voici une définition du mot *héroï-comique* : « qui traite un sujet commun, banal sur un ton solennel ». Montre en quoi cet adjectif peut caractériser le discours des personnages dans *Un beau rôle !*

19 Montre en quoi la situation de départ de *La Leçon de piano* est tout à fait banale. Quels détails finissent par la rendre totalement absurde ?

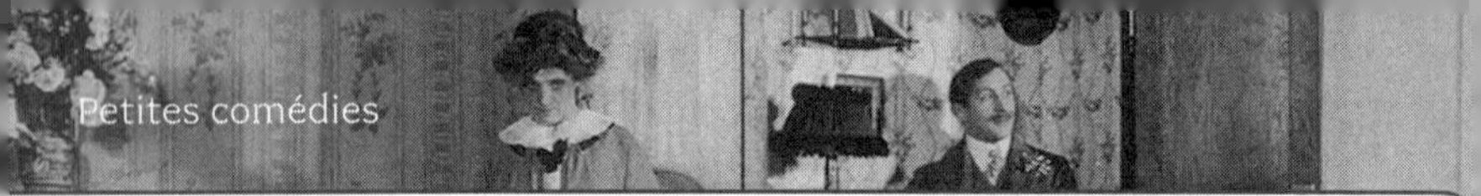

Étape 5 • Analyser le thème du couple qui se querelle

SUPPORTS : *La Jalousie du Barbouillé* et *Un mot pour un autre*

OBJECTIF : Mettre en évidence la permanence du thème d'une pièce à l'autre.

As-tu bien lu ?

1 Dans ces deux pièces, quels couples sont mariés ? Quels personnages entretiennent une liaison sans être mariés ?

Des hommes bien indélicats

2 De quoi le Barbouillé menace-t-il sa femme dans la scène 5 ? Que peux-tu en conclure sur son attitude envers Angélique?

3 Monsieur de Perleminouze s'attendait-il à trouver son épouse chez Madame ? Relève les éléments qui marquent son trouble. Comment peux-tu caractériser ses relations avec sa femme ?

Les motifs de la querelle

4 Que reproche le Barbouillé à Angélique dans les scènes 3 à 5 ?

5 Quel portrait Angélique fait-elle de son mari dans les scènes 3 et 4 ?

6. Relève ce qui oppose Valère et le Barbouillé.

	Condition sociale	Niveau de langage	Attitude envers Angélique
Le Barbouillé			
Valère			

Pourquoi Angélique préfère-t-elle Valère ?

7 Pour quelle raison Monsieur de Perleminouze vient-il chez Madame ?

☐ Parce qu'il sait que sa femme y est.
☐ Parce qu'il passait non loin de là.
☐ Parce qu'il est l'amant de Madame.

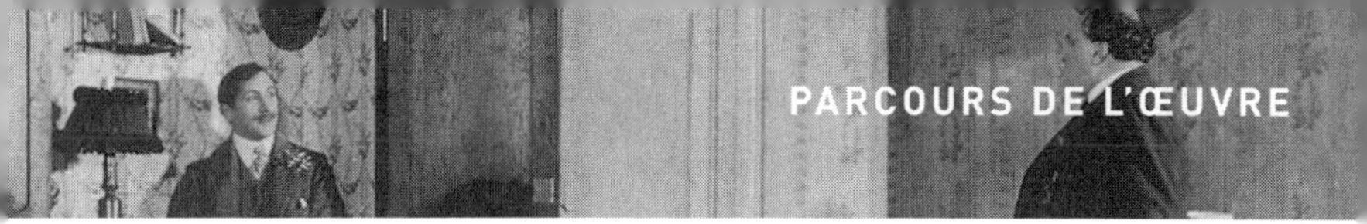

L'évolution de la querelle

8 Comment se termine la dispute entre le Barbouillé et Angélique (scène 12) ?

9 Comment Madame de Perleminouze, qui a compris que son mari est l'amant de Madame, réagit-elle ?

☐ Elle quitte son mari.
☐ Elle gifle Madame.
☐ Elle prend un malin plaisir à mettre son mari dans l'embarras.

10 Quelle attitude adopte le Comte sous les assauts des deux femmes ? (Appuie-toi sur les didascalies pour répondre.) Que lui arrive-t-il à la fin de la scène ?

La langue et le style

11 Par quelles injures le Barbouillé interpelle-t-il Angélique dans les scènes 4 et 5 ? Sont-elles encore en usage aujourd'hui ?

Faire le bilan

12 Les deux pièces étudiées mettent en scène des couples qui se querellent. Complète le tableau ci-dessous.

Pièce	Personnages se querellant	Motif de la querelle	Ton de la querelle

Quel motif de querelle te semble le plus sérieux ? Le moins sérieux ? Pour quelles raisons ?

A toi de jouer

13 Une femme veut que son mari l'accompagne pour rendre visite à une vieille tante. Le mari n'en a pas du tout envie. Raconte comment la scène tourne à la dispute sans oublier qu'il s'agit d'une scène de comédie. Ajoute des didascalies pour préciser le ton, les gestes et les sentiments des personnages.

Étape 6 • Identifier les procédés comiques

SUPPORT : Toutes les pièces du corpus.

OBJECTIF : Mettre en évidence la permanence des procédés comiques et commenter leur mise en œuvre dans les comédies étudiées.

Le comique de gestes

1 Quels gestes suscitent le rire dans ces cinq comédies ? Donne un exemple pour chaque pièce.

La femme fait une simulation de mort

Pièce	Exemple de comique de geste
La Jalousie du Barbouillé	~~la répétition du docteur~~
Un beau rôle !	Le Fils respecteux et « artiste d'avenir » répétant son rôle sur la plaine de Waterloo, tend le poing vers l'ennemi en hurlant le mot de Cambronne.
Tête à queue ou à chacun son témoignage	~~le rapport de l'agent~~
Un mot pour un autre	Les deux dame frappes le comte
La Leçon de piano	L'étudiant saut sur le piano

Le comique de mots

2 Dans les comédies étudiées, on peut trouver de nombreux effets comiques liés à l'utilisation qui est faite du langage. Donne un exemple.

Pièce	Exemple de comique de mots
La Jalousie du Barbouillé	latin
Un beau rôle !	mitraille,
Tête à queue ou à chacun son témoignage	4 coups dans l'aile,
Un mot pour un autre	Toute la pièce repose sur une utilisation décalée du langage.
La Leçon de piano	ce je pourrai être votre grand père.

Le comique de caractère

3. Quels personnages présentent des traits de caractère risibles dans les comédies citées ci-dessous ? Donne un exemple.

Pièce	Exemple de comique de caractère
La Jalousie du Barbouillé	La répétition du doctora
Un beau rôle !	Le fils qui ne veut pas dire
Tête à queue ou à chacun son témoignage	Le bourgeois passe son temps à tout critiquer : les jeunes, les chiens, les pouvoirs publics. C'est un éternel insatisfait.
La Leçon de piano	L'idiotie de l'étudiant en piano

Le comique de situation

4 Quelles situations nous font particulièrement rire dans ces cinq comédies ? Donne un exemple.

Pièce	Exemple de comique de situation
La Jalousie du Barbouillé	Le Barbouillé, qui pensait empêcher sa femme de rentrer à la maison, se retrouve lui-même mis à la porte de chez lui.
Un beau rôle !	
Un mot pour un autre	Les deux femmes mondaines et superficielles
Tête à queue ou à chacun son témoignage	
La Leçon de piano	

Faire le bilan

5 Les répétitions (de mots, de gestes, de situations) déclenchent très souvent le rire. Choisis l'une des pièces du corpus et repères-y les répétitions, sources de comique.

À toi de jouer

6 Quelle est la petite comédie que tu as préférée ? Écris un court paragraphe pour expliquer ton choix.

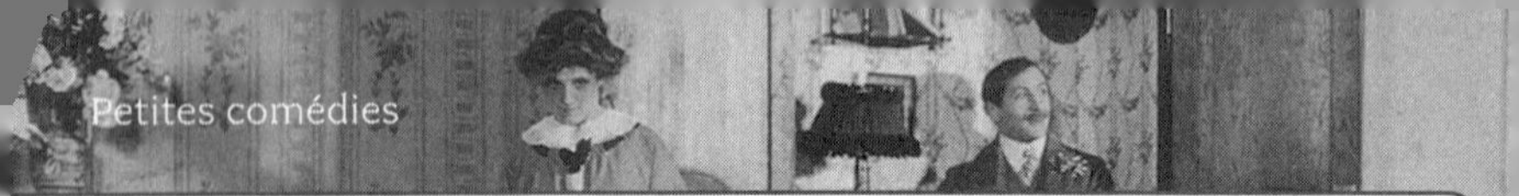

Étape 7 • Exploiter les informations de l'enquête

OBJECTIF : Découvrir des métiers du théâtre.

As-tu bien lu ?

1 De quelle personne le scénographe, le costumier et l'éclairagiste suivent-ils les indications ?

☐ du régisseur
☐ de l'accessoiriste
☐ du metteur en scène

2 Qui accomplit les actions suivantes ? Complète le tableau.

Action	Qui ?
Aider les comédiens à passer leurs costumes	
Fabriquer une maquette en 3D de l'espace scénique	
Déterminer la place des projecteurs	
Frapper les trois coups	

3 Comment s'appelle la répétition qui permet de vérifier les costumes ?

☐ la Première
☐ la Générale
☐ la Couturière

La Jalousie du Barbouillé

4 Tu es costumier. Le metteur en scène t'a chargé d'imaginer pour le Docteur un costume extravagant. Décris ou dessine ton projet.

5 Te voici scénographe. Quel décor choisirais-tu pour la scène 11 de *La Jalousie du Barbouillé* ? Où placerais-tu les deux personnages ? Essaie de dessiner la maquette de ce décor, avec les personnages en place.

6 Les acteurs sont prêts à donner une représentation de *La Jalousie du Barbouillé*. L'acteur qui joue le rôle du Barbouillé est en scène derrière le rideau fermé ; le Docteur est dans les coulisses. Tous attendent les trois coups... qui n'arrivent pas. Au bout de quelques minutes, les acteurs commencent à s'agiter et finissent par entrer tous sur scène. Le « brigadier » a disparu et le régisseur le cherche. Imagine la suite.

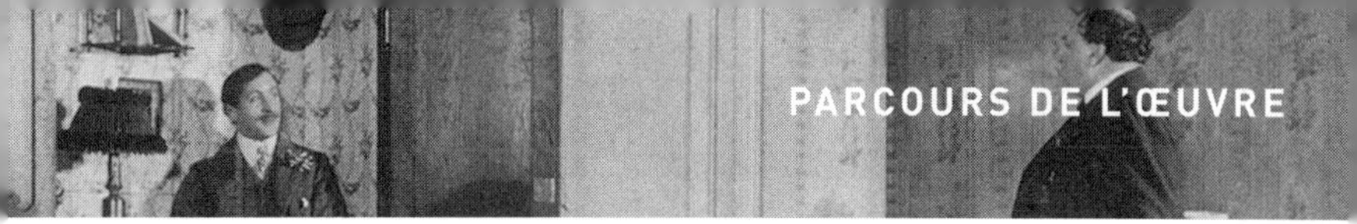

Un beau rôle !

7 C'est le soir de la Couturière de *Un beau rôle !* de Cami. La répétition se passe parfaitement bien jusqu'à la réplique du Fils « Non, père. Je sens que je peux faire mieux... » À cet instant la couture de la veste de l'acteur qui joue ce rôle craque. Que va-t-il se passer ? Quels personnages vont intervenir et comment ?

Un mot pour un autre

8 Le metteur en scène d'*Un mot pour un autre* t'a demandé d'imaginer un décor d'époque. Retrouve dans le préambule du Récitant en quelle année se déroule l'action puis cherche des documents sur cette époque, notamment sur la décoration intérieure des maisons et les costumes.

9 Quels arguments pourrais-tu avancer pour convaincre un styliste de haute couture de concevoir les costumes de la pièce de Jean Tardieu *Un Mot pour un autre* ?

Tête-à-queue ou à chacun son témoignage

10 Afin de guider au mieux les comédiens choisis pour jouer le sketch de Raymond Devos *Tête-à-queue ou à chacun son témoignage*, ajoute des didascalies aux répliques.

La Leçon de piano

11 Comment imagines-tu l'aspect physique et les habits des personnages de *La Leçon de piano* ? Justifie tes choix.

Faire le bilan

12 Parmi les métiers du théâtre évoqués dans l'enquête, lequel t'a intéressé plus particulièrement ? Explique oralement à tes camarades ce que fait ce professionnel et donne au moins trois raisons pour justifier ton choix.

La dispute autour d'un mot

OBJECTIF : Comparer plusieurs documents évoquant une dispute relative à un problème de langage.

DOCUMENT 1 LABICHE, *Le Voyage de Monsieur Perrichon* (Acte III, scène 9).

Monsieur Perrichon et sa famille ont passé quelque temps dans un hôtel de la région du Mont Blanc et se sont liés avec deux jeunes gens, Daniel et Armand. Sur le livre des voyageurs mis à leur disposition, Monsieur Perrichon a fait une faute d'orthographe qu'un autre personnage, le Commandant, remarque et commente avec ironie. Furieux, M. Perrichon renchérit et écrit que le Commandant « est un paltoquet ». Mais le Commandant n'est pas homme à se laisser insulter ; il a trouvé l'adresse de M. Perrichon à Paris et vient lui demander réparation.

LE COMMANDANT. — Alors c'est vous qui avez écrit sur le registre des voyageurs : « Le commandant est un paltoquet[1]. »
PERRICHON. — Comment ! vous êtes ?...
LE COMMANDANT. — Oui, monsieur... c'est moi !
PERRICHON. — Enchanté ! *(Ils se font plusieurs petits saluts.)*
DANIEL, *à part, en descendant*[2]. — Diable ! l'horizon s'obscurcit !...
LE COMMANDANT. — Monsieur, je ne suis ni querelleur, ni ferrailleur, mais je n'aime pas à laisser traîner sur les livres d'auberge de pareilles appréciations à côté de mon nom...
PERRICHON. — Mais vous avez écrit le premier une note... plus que vive !
LE COMMANDANT. — Moi ? je me suis borné à constater que mer de Glace ne prenait pas d'E à la fin : voyez le dictionnaire...
PERRICHON. — Eh ! Monsieur ! vous n'êtes pas chargé de corriger mes... prétendues fautes d'orthographe ! De quoi vous mêlez-vous ? *(Ils se lèvent.)*
LE COMMANDANT. — Pardon... pour moi, la langue française est une compatriote aimée... une dame de bonne maison, élégante, mais un peu cruelle... vous le savez mieux que personne.
PERRICHON. — Moi ?...
LE COMMANDANT. — Et quand j'ai l'honneur de la rencontrer à l'étranger... je ne permets pas qu'on éclabousse sa robe. C'est une question de chevalerie et de nationalité.

1. **Paltoquet** : homme insignifiant, prétentieux et insolent.
2. **Descendre** : se dit lorsque le comédien se dirige vers le devant de la scène, près des spectateurs.

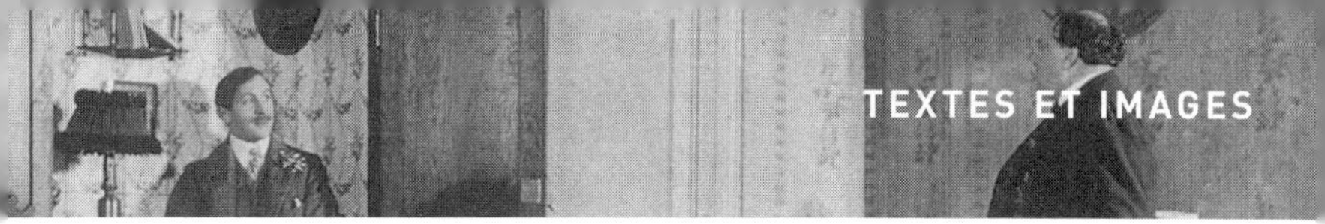

PERRICHON. — Ah çà ! Monsieur, auriez-vous la prétention de me donner une leçon ?
LE COMMANDANT. — Loin de moi cette pensée...
PERRICHON. — Ah ! ce n'est pas malheureux ! *(À part.)* Il recule.
LE COMMANDANT. — Mais sans vouloir vous donner une leçon, je viens vous demander poliment... une explication.
PERRICHON, *à part.* — Mathieu !... c'est un faux commandant[1].
LE COMMANDANT. — De deux choses l'une : ou vous persistez...
PERRICHON. — Je n'ai pas besoin de tous ces raisonnements ! Vous croyez peut-être m'intimider : Monsieur... j'ai fait mes preuves de courage, entendez-vous ! et je vous les ferai voir...
LE COMMANDANT. — Où ça ?
PERRICHON. — À l'exposition... L'année prochaine...
LE COMMANDANT. — Oh ! permettez !... Il me sera impossible d'attendre jusque-là... Pour abréger, je vais au fait : retirez-vous, oui ou non ?
PERRICHON. — Rien du tout !
LE COMMANDANT. — Alors...
PERRICHON. — Prenez garde !
DANIEL. — Monsieur Perrichon !
PERRICHON. — Rien du tout ! *(À part.)* Il n'a pas seulement de moustaches !
LE COMMANDANT. — Alors, monsieur Perrichon, j'aurai l'honneur de vous attendre demain, à midi, avec mes témoins, dans les bois de la Malmaison...
DANIEL. — Commandant ! un mot ?
LE COMMANDANT, *remontant*[2]. — Nous vous attendrons chez le garde !
DANIEL. — Mais commandant...
LE COMMANDANT — Mille pardons... j'ai rendez-vous avec un tapissier, pour choisir des étoffes, des meubles... À demain... midi... *(Saluant.)* Messieurs... j'ai bien l'honneur... *(Il sort.)*

1. **C'est un faux commandant** : Perrichon a une idée bien précise de l'apparence que doit avoir un militaire et est ainsi persuadé que le Commandant n'en est pas un, et ce pour trois raisons : il n'a pas de moustaches, son nom ne sonne pas comme celui d'un soldat gradé et son attitude est trop polie.
2. **Remonter** : se dit lorsque le comédien se dirige vers le fond de la scène, vers les décors.

DOCUMENT 2 MARCEL PAGNOL, *Marius* (Acte III, scène 1)
Fortunio Poche, éd. de Fallois, 2004.

Il est neuf heures du soir. Les habitués du bar de la Marine, à Marseille, jouent à la manille, un jeu de cartes, avec le patron, César. Parmi eux, Panisse, un maître voilier qui a sur le quai un beau magasin, Escartefigue, capitaine du ferry-boat qui traverse le Vieux Port vingt-quatre fois par jour et Monsieur Brun, un Lyonnais, vérificateur des douanes.
César fait équipe avec Escartefigue, contre Panisse et M. Brun. Escartefigue est perplexe et ne sait pas quelle couleur jouer ce qui énerve Panisse.

ESCARTEFIGUE *(pensif)*. — Oui, et je me demande toujours s'il coupe à cœur.
(À la dérobée, César fait un signe qu'Escartefigue ne voit pas, mais que Panisse a surpris.)
PANISSE *(furieux)*. — Et je te prie de ne pas faire de signes.
CÉSAR. — Moi je lui fais des signes ? Je bats la mesure.
PANISSE. — Tu ne dois regarder qu'une seule chose : ton jeu. *(À Escartefigue)* Et toi aussi.
CÉSAR. — Bon. *(Il baisse les yeux vers ses cartes.)*
PANISSE *(à Escartefigue)*. — Si tu continues à faire des grimaces, je fous les cartes en l'air et je rentre chez moi.
M. BRUN. — Ne vous fâchez pas, Panisse. Ils sont cuits.
ESCARTEFIGUE. — Moi, je connais très bien le jeu de manille, et je n'hésiterais pas une seconde si j'avais la certitude que Panisse coupe à cœur.
PANISSE. — Je t'ai déjà dit qu'on ne doit pas parler, même pour dire bonjour à un ami.
ESCARTEFIGUE. — Je ne dis bonjour à personne. Je réfléchis à haute voix.
PANISSE. — Eh bien ! Réfléchis en silence... *(César continue ses signaux.)* Et ils se font encore des signes ! Monsieur Brun, surveillez Escartefigue, moi, je surveille César.
(Un silence. Puis César parle sur un ton mélancolique.)
CÉSAR *(à Panisse)*. — Tu te rends compte comme c'est humiliant ce que tu fais là ? Tu me surveilles comme un tricheur. Réellement ce n'est pas bien de ta part. Non, ce n'est pas bien.
PANISSE *(presque ému)*. — Allons César, je t'ai fait de la peine ?
CÉSAR *(très ému)*. — Quand tu me parles sur ce ton, quand tu m'espinches[1] comme si j'étais un scélérat... Je ne dis pas que je vais pleurer, non, mais moralement, tu me fends le cœur.

1. **Tu m'espinches** : tu m'espionnes (en provençal).

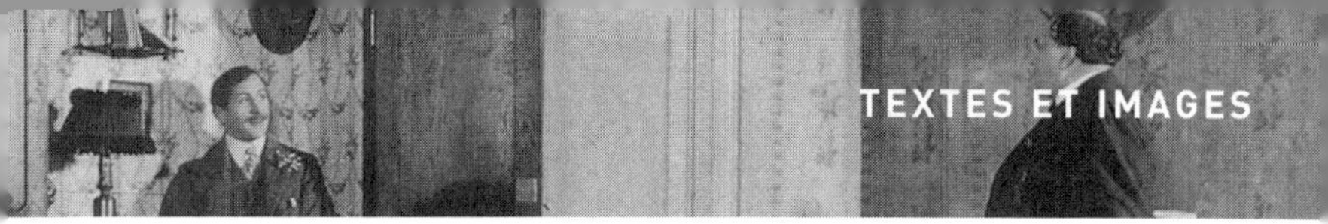

PANISSE. — Allons, César, ne prends pas ça au tragique !
CÉSAR *(mélancolique)*. — C'est peut-être que sans en avoir l'air, je suis trop sentimental. *(À Escartefigue)* À moi, il me fend le cœur. Et à toi, il ne te fait rien ?
ESCARTEFIGUE *(ahuri)*. — Moi, il ne m'a rien dit.
CÉSAR *(il lève les yeux au ciel)*. — O Bonne Mère ! Vous entendez ça !
(Escartefigue pousse un cri de triomphe. Il vient enfin de comprendre, et il jette une carte sur le tapis. Panisse le regarde, regarde César, puis se lève brusquement, plein de fureur.)
PANISSE. Est-ce que tu me prends pour un imbécile ? Tu as dit : « Il nous fend le cœur » pour faire comprendre que je coupe à cœur. Et alors, il joue cœur, parbleu !
(César prend un air innocent et surpris.)
PANISSE *(Il lui jette les cartes au visage)*. — Tiens, les voilà tes cartes, tricheur, hypocrite ! Je ne joue pas avec un Grec : siou pas plus fada que tu, sas ! Foou pas mi prendré per un aoutré ! *(Il se frappe la poitrine.)* Siou mestré Panisse, et siès pas pron fin per m'aganta ![1]
(Il sort violemment en criant : « Tu me fends le cœur ». En coulisse, une femme crie : « Le Soleil ! Le Radical ! »)

1. ***Siou pas plus fada que tu***... : phrases en provençal qui signifient : « je ne suis pas plus fou que toi, tu sais ! Il ne faut pas me prendre pour un autre ! je suis maître Panisse et tu n'es pas assez futé (intelligent) pour m'attraper. »

As-tu bien lu ?

1 Document 1 : quel reproche le Commandant fait-il à Monsieur Perrichon ?

2 Document 2 : pourquoi Panisse est-il énervé dès le début de la scène ?

Des situations comparables

3 Quelle phrase écrite par Monsieur Perrichon est à l'origine de la colère du Commandant ?

4 Quelle expression précise prononcée par César provoque l'explosion de colère de Panisse ?

DOCUMENT 3 *La partie de carte.*

Extrait de Marius de Marcel Pagnol, 1931

La partie de cartes quotidienne bat son plein dans le bar de la Marine, tenu par César. Mais les esprits ne tardent pas à s'échauffer...

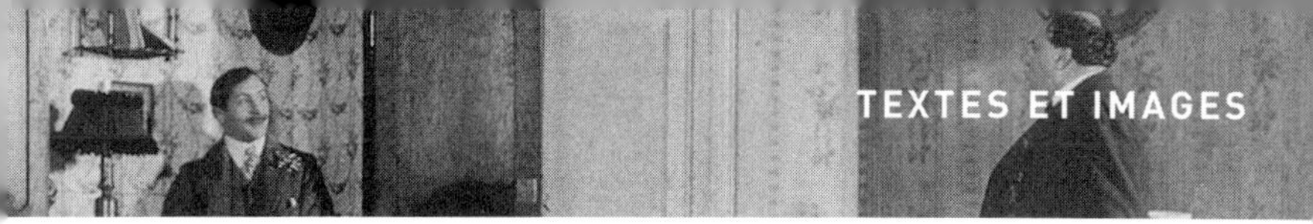

La dispute et son évolution

5 Le Commandant donne-t-il l'impression d'être en colère ? Quelle attitude adopte-t-il ?

6 Comment l'attitude de Monsieur Perrichon peut-elle être considérée par le Commandant comme une provocation supplémentaire ?

7 Comment Panisse manifeste-t-il sa colère ?

8 Montre que César prend un malin plaisir à énerver Panisse.

9 Dans quel texte la dispute pourrait-elle avoir de graves conséquences ? Dans lequel n'aura-t-elle aucune conséquence ? Explique pourquoi.

Des disputes comiques

10 Pourquoi peut-on parler de comique de situation dans la scène opposant le Commandant à Monsieur Perrichon ?

11 Relève un exemple de comique de mots et de répétition dans le document 2.

Lire l'image

12 Quel personnage de la photo te semble en colère ? À quels détails vois-tu qu'il est en colère ?

13 Quel sentiment exprime le visage de César (embarras, envie de rire, indifférence...) ?

14 Quel passage précis de la partie de cartes cette photo illustre-t-elle ?

À toi de jouer

15 Ajoute dans la scène du *Voyage de Monsieur Perrichon* des didascalies qui indiqueront que le Commandant est de plus en plus en colère bien qu'il garde son sang-froid.

Installé dans son fauteuil, impatient que le rideau se lève, le spectateur de théâtre espère passer un bon moment. La pièce sera-t-elle intéressante ?
Le metteur en scène en proposera-t-il une interprétation convaincante ? Les comédiens joueront-ils bien leur rôle ?
En se posant ces questions, le spectateur oublie parfois que, derrière l'auteur, les acteurs et le metteur en scène, toute une équipe de techniciens, d'artistes et d'artisans s'affaire et contribue à la magie de la représentation.
Cette enquête propose de découvrir quelques-uns de ces « métiers du théâtre » peu connus du grand public.

Dans les coulisses des théâtres

L'ENQUÊTE EN 5 ÉTAPES

1 Quel est le rôle du scénographe ?

Lorsque le rideau se lève, le spectateur découvre en premier lieu le décor qui le plonge immédiatement dans l'univers de la pièce en matérialisant le lieu de l'action et en suggérant une ambiance.

● UN « ÉCRIVAIN DE SCÈNE »

Le mot *scénographie* vient du grec *skènègraphia* (« écriture de scène ») et désigne à l'origine l'art d'écrire, d'orner (*graphia*) la scène (*skènè*). Le décorateur[1] scénographe est celui qui met en forme l'espace scénique (décors, meubles, objets), en accord avec le metteur en scène[2] qui lui a fait part de ses idées et de ses attentes.

Il a de bonnes connaissances dans différents domaines artistiques : architecture, design, histoire de l'art... Il doit être par ailleurs excellent dessinateur. En effet, le décor est d'abord dessiné avant d'être réalisé. Il arrive même que deux scénographes interviennent, le premier pour concevoir le décor, le second pour le réaliser ; c'est dire si les dessins doivent être parlants.

Un métier très prenant

« Vous serez pris par un nouveau travail qui, pendant quelques mois, vous isolera du reste du monde : quelques semaines dans votre bureau à dessiner le projet, un petit mois environ partagé entre l'atelier de décoration qui réalise le décor et le théâtre où répète la compagnie, et pour terminer une dizaine de jours enfermé 24 heures sur 24 dans un théâtre jusqu'à la première.

Le début des représentations fera s'envoler tous les problèmes que vous aurez rencontrés. »

Renato Lori, *Le métier de scénographe*, Gremese, 2006.

● DE LA LECTURE DU TEXTE AU MONTAGE

En s'appuyant sur les indications du metteur en scène, le scénographe est donc chargé de construire l'univers de la pièce. Son premier travail

1. Décorateur : personne qui conçoit les décors.

2. Metteur en scène : celui qui monte la pièce, dirige les acteurs, choisit les décors, etc.

consiste à lire attentivement et étudier le texte. Il relève toutes les indications fournies par l'auteur sur l'époque et le lieu de l'action, les entrées et sorties des personnages. Le scénographe intègre aussi bien sûr à sa première réflexion l'espace dont il dispose sur la (ou les) scène(s) où sera représenté le spectacle.

Après avoir mené les éventuelles recherches documentaires, il dessine des esquisses, réalise des plans puis fabrique une maquette en trois dimensions. Il établit parallèlement un budget détaillé, dans la limite de la somme fixée. Lors de l'étape suivante, il choisit les matériaux et coordonne la construction qui se fait en atelier, avec les menuisiers, les peintres, et tous les techniciens requis.

Enfin, le décor est planté sur la scène du théâtre où il supervise le montage et le démontage. Une fois le décor monté, une série d'essais techniques est programmée pour régler les derniers problèmes.

L'auteur a parfois des vues très précises

Voici un exemple d'indication scénique donnée par Anouilh pour le décor du Voyageur sans bagage *:*

« Le salon d'une maison de province très cossue, avec une large vue sur un jardin à la française. Au lever du rideau la scène est vide... »

Jean Anouilh, *Le Voyageur sans bagage*, Premier tableau, Gallimard.

Atelier des décors, Paris, Opéra Bastille.

2 Qu'est-ce qu'un costumier ?

Le costumier de théâtre est à la fois le créateur des costumes, qu'il conçoit en accord avec le metteur en scène, et le costumier réalisateur, qui dirige leur fabrication en atelier. Ce métier exige de solides connaissances en couture et une grande créativité.

● LA CRÉATION D'UN COSTUME DE SCÈNE

Le costumier[1] créateur lit le texte et assiste aux premières répétitions : cela lui permet de s'imprégner de l'univers et de l'époque dans lesquels évoluent les personnages. Il échange avec le metteur en scène et le scénographe afin que les costumes soient en harmonie avec le décor, et consulte les comédiens. Pour un spectacle en costumes d'époque, il effectue des recherches documentaires. Vient ensuite l'étape des croquis : ceux-ci sont montrés au metteur en scène avec des échantillons de tissus. Une fois ses propositions validées, le costumier créateur dessine les patrons. Il supervise aussi le choix des accessoires : chaussures, coiffures, chapeaux...

« Avec des moustaches et des bottines »

Certains auteurs multiplient les indications sur les costumes. Ainsi Beaumarchais dans *Le Barbier de Séville* : « Le comte Almaviva paraît au premier acte en veste et culotte de satin ; il est enveloppé d'un grand manteau brun, ou cape espagnole ; chapeau noir rabattu avec un ruban de couleur autour de la forme. Au deuxième acte : habit uniforme de cavalier avec des moustaches et des bottines... »

1. **Costumier :** personne qui conçoit et réalise les costumes.

● DU CROQUIS À L'ESSAYAGE

Après les croquis et patrons, vient la phase d'exécution : à l'atelier, le costumier réalisateur dirige les spécialistes de la couture, prépare les coupes, en gardant toujours à l'esprit que le comédien doit être parfaitement à l'aise dans son vêtement de scène. C'est aussi lui qui surveille les essayages. Une répétition appelée « la Couturière[1] » permet de vérifier que les costumes vont bien.

● COSTUMES ET HAUTE COUTURE

Parfois, les théâtres font appel à des stylistes venant de la haute couture. C'est le cas de Christian Lacroix pour les costumes de *Phèdre* à la Comédie française, pour lesquels il a obtenu, en 1997, le Molière du meilleur costume. En 2008, Jean-Paul Gaultier a imaginé les habits des danseurs dans le ballet *Blanche-Neige* chorégraphié par A. Preljocaj.

Christian Lacroix et le théâtre

« Tout enfant, je m'amusais à placer des costumes sur de petites silhouettes de carton découpé ; ensuite j'ai pris l'habitude de redessiner les costumes lorsque je revenais d'un spectacle, de changer d'harmonies, de couleurs, de volumes… […] J'ai rencontré Lambert Wilson en 1994 lorsqu'il m'avait proposé de dessiner les costumes des Caprices de Marianne *aux Bouffes du Nord. Il avait transposé l'action dans la Naples des années 50/60 ; un de mes plus jolis souvenirs de théâtre. »*

C. Lacroix, *Mon Amour du théâtre*, Éditions du Mécène, 2007.

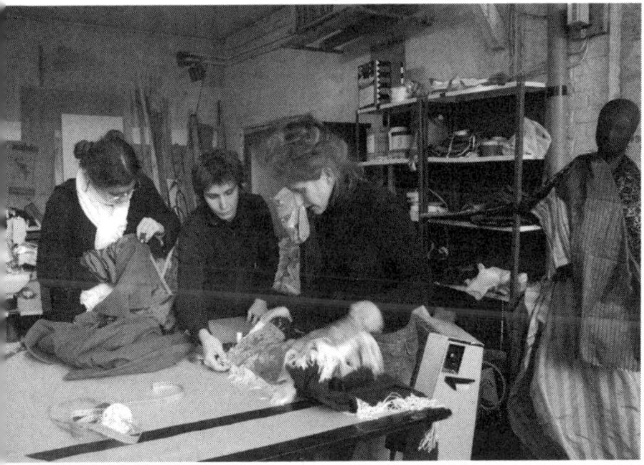

Un atelier de costumes.

1. **Couturière :** dernière répétition où l'on vérifie les costumes.

3 À quel moment l'habilleuse intervient-elle ?

L'habilleuse est souvent la dernière personne qui se tient aux côtés des comédiens avant qu'ils n'entrent en scène.

● UNE AIDE PRÉCIEUSE

À chaque représentation, l'habilleuse aide les comédiens à s'habiller, notamment lorsqu'ils doivent changer rapidement de costume au cours du spectacle. Elle fait aussi face aux imprévus : un bouton qui saute, un ourlet qui se défait, une fermeture éclair qui se coince... Elle est là pour rassurer les comédiens avant leur entrée en scène et répondre à leurs appels angoissés quand ils ne trouvent plus leurs chaussures ou que leur veste vient de craquer sous les bras...

● UN MÉTIER QUI NE S'ARRÊTE PAS LORSQUE LE RIDEAU TOMBE...

L'habilleuse est chargée de l'entretien des costumes qu'elle récupère après la représentation pour vérifier leur état, les nettoyer, les repasser, les recoudre le cas échéant. Les jours de relâche, elle lave et repasse les éléments de costumes qu'elle ne peut laver tous les soirs. Elle les range ensuite toujours à la même place afin que les acteurs les trouvent facilement en arrivant au théâtre et dispose à proximité les bijoux et autres accessoires.

Si les auteurs pensaient plus souvent à l'habilleuse...

« Trente ans assise, madame Julien, à attendre la fin du spectacle ! Et il y a des pièces qui sont plus ou moins longues. On dit les travailleurs de force ; c'est dur aussi le métier d'habilleuse. [...] L'Impératrice des Cœurs, *une pièce où il y a cinq changements, monsieur Julien. Parlez-moi d'*Athalie, *quand elle la reprend. Ça c'est une bonne pièce, elle ne change qu'une fois. Mais ce qu'on répète en ce moment,* La Femme et le Serpent *de M. Poète-Chéri, il paraît que ça va être pire. Sept changements, dont deux précipités. Ceux qui écrivent les pièces, ils ne pensent pas toujours à l'habilleuse. »*

Jean Anouilh, *Colombe*, Acte I, Folio, 1973.

4 Qu'est-ce qu'un éclairagiste ?

Depuis que les spectacles ne se déroulent plus en plein air mais dans des salles fermées, il est devenu nécessaire d'éclairer la scène[1]. Assuré au XVIIe siècle par une simple rampe[2] de chandelles (dont la durée déterminait celle des actes), l'éclairage est aujourd'hui le fruit de multiples projecteurs qui permettent de nombreux jeux de lumière. Il fait partie intégrante de la mise en scène. La lumière est le domaine de l'éclairagiste.

● UN TECHNICIEN ET UN ARTISTE

C'est l'éclairagiste (ou concepteur lumière) qui conçoit les lumières du spectacle. Présent dès les premières répétitions au cours desquelles il élabore les effets, il s'efforce de créer par la lumière, à travers le jeu des projecteurs et de la poursuite, une ambiance lumière en harmonie avec l'atmosphère de la pièce, les émotions des personnages, la mise en scène, les décors et les costumes prévus. Pendant les répétitions, l'éclairagiste fait des croquis pour mettre en évidence les déplacements et note comment orienter les lumières en conséquence. Quand le décor est installé, il détermine l'emplacement des

Un éclairagiste règle les lumières pour la pièce Platonov *d'Anton Tchekov, à Avignon.*

1. **Scène :** espace où jouent les comédiens aussi appelé « planches » ou « plateau ».
2. **La rampe** est une rangée de lumières disposée au bord de la scène.

projecteurs, les points qu'ils doivent éclairer, l'ouverture plus ou moins grande des faisceaux lumineux qui doivent être projetés ; il organise le jeu des ombres et des lumières avant de se livrer à des essais. Tous ces effets lumineux sont consignés de façon chronologique dans ce qu'on appelle la « conduite lumière ».

● UN TRAVAIL D'ÉQUIPE

L'éclairagiste collabore avec le régisseur lumières qui prend en charge la réalisation matérielle et encadre l'équipe d'électriciens ; l'éclairagiste lui donne ses instructions pour enregistrer sur le jeu d'orgues (pupitre informatisé à partir duquel on commande l'ensemble des lumières) la conduite des éclairages.

La lumière : un acteur à part entière...

La lumière sculpte l'espace ; dans l'opéra de Purcell *Didon et Enée*, créé en décembre 2008 à Paris, les lumières de Jean Kalman renforcent la mise en scène de Deborah Warner : un éclairage doré joue sur les personnages et sur le miroir d'eau situé au milieu du plateau, enveloppant le couple amoureux d'un halo de sécurité et de douceur tandis qu'une lumière argentée symbolise l'orage annonciateur du malheur à venir et accompagne l'entrée de la Magicienne bien décidée à nuire à la reine et à Carthage.

Agir sur l'imagination sans distraire l'attention

« Le rôle de la lumière... c'est le seul moyen extérieur qui puisse agir sur l'imagination du spectateur sans distraire son attention ; la lumière a une sorte de pouvoir semblable à celui de la musique. »

Charles Dullin, *Ce sont les dieux qu'il nous faut*, Gallimard, 1969.

Le « filage technique » est une répétition destinée à vérifier le son et la lumière sur l'ensemble de la pièce.

5 Quelles sont les fonctions du régisseur de scène ?

Présent de la conception du spectacle jusqu'aux représentations, le régisseur de scène est un chef d'orchestre : il coordonne tous les éléments intervenant lors de la représentation et dirige de nombreuses personnes.

• DES CONNAISSANCES ÉTENDUES

Le régisseur de scène a des compétences dans différents domaines : lumière, son, machinerie... Avant de devenir régisseur de scène, il a vraisemblablement travaillé dans ces trois domaines. De plus, en raison des évolutions technologiques, le régisseur doit aussi posséder des connaissances en techniques de conception sur ordinateur et en systèmes mécaniques automatisés pour les machineries.

• DES FONCTIONS MULTIPLES

Le régisseur de scène a de multiples fonctions.

– Il prépare les répétitions[1] et les essayages dont il établit le calendrier en accord avec le metteur en scène.

– Il note toutes les décisions prises par le metteur en scène au cours des répétitions et rédige le cahier de régie en consignant tous les mouvements techniques du spectacle : changements de décor, lumières, son...

– Il établit le plan de travail des machinistes[2] qui doivent effectuer les changements de décor.

Le brigadier

On appelle « brigadier » le bâton avec lequel on frappe les trois coups. Cette appellation vient du fait qu'un ouvrier dirigeant une équipe se voyait attribuer le titre de brigadier.

Au théâtre, c'est le régisseur qui frappe les trois coups : chef des équipes, il est donc le brigadier et ce nom est devenu par métonymie celui du bâton (la métonymie est une figure de style qui consiste à remplacer un terme par un autre qui lui est logiquement associé).

1. **Les répétitions** sont des séances de travail en vue de monter un spectacle.

2. **Le machiniste** s'occupe au théâtre des machines et des changements de décors.

– Lorsque les représentations commencent, il prend en quelque sorte la suite du metteur en scène ; il vérifie que les techniciens et les acteurs sont arrivés à temps, qu'il dispose de tout le matériel nécessaire.
– Depuis son pupitre, il coordonne les interventions des différents techniciens, il appelle les acteurs qui doivent entrer en scène.
– Il donne le départ du spectacle, en assure la conduite et le bon déroulement.
– Dans les grosses structures, il coordonne le travail de trois régisseurs spécialisés : le régisseur son, le régisseur lumière et le régisseur plateau.

Les trois coups

Traditionnellement le régisseur effectuait un roulement de plusieurs coups suivis de trois coups distincts pour annoncer le début du spectacle. On donne à ces trois coups plusieurs explications :
– d'abord religieuse, en faisant correspondre les trois coups à la Trinité ;
– ensuite historique, en faisant référence aux saluts des comédiens avant de jouer lorsque la Cour prenait place sur scène : vers la Reine côté cour, vers le Roi côté jardin et vers la salle ;
– enfin technique : le régisseur martèle le sol pour prévenir son équipe de l'imminence de la représentation, et celle-ci lui répond : un coup pour les machinistes grimpés dans les cintres, un coup pour ceux qui sont sous la scène, un coup pour l'équipe en coulisse.
Aujourd'hui, de nombreux théâtres ne font plus retentir ces trois coups.

Un régisseur à l'Olympia.

Jardin, cour : expressions désignant les côtés de la scène. Le côté jardin se situe à gauche lorsqu'on regarde la scène, le côté cour à droite

etit lexique du théâtre

Aparté Convention qui veut qu'un personnage parle sans être entendu des autres personnages alors que le public, lui, entend ses paroles.

Comédie Pièce au dénouement heureux qui vise à divertir et à faire rire.

Coulisses Partie du théâtre située sur les côtés de la scène, derrière les décors et cachée aux spectateurs.

Coup de théâtre Événement brutal et inattendu, retournement de situation.

Dialogue Ensemble des paroles échangées entre les personnages.

Didascalie Indication (souvent en italiques) donnée par l'auteur, en dehors du texte, sur le ton, les gestes, le lieu...

Figurant Acteur qui a un rôle secondaire, limité à sa simple présence et muet.

Jeu de scène Ensemble d'attitudes destinées à produire l'effet recherché (colère, peur...).

Monologue Scène à un seul personnage supposé se parler à lui-même.

Péripétie Événement qui fait avancer l'action.

Places Endroits où doivent se tenir à tel ou tel moment les comédiens.

Quiproquo Situation dans laquelle un personnage est pris pour un autre, où il y a un malentendu.

Réplique Paroles qu'un acteur doit prononcer après qu'un autre a terminé.

Tournée Voyage d'une compagnie de comédiens donnant des représentations en province et à l'étranger.

À lire et à voir

- **UN LIVRE, UN FILM POUR MIEUX CONNAÎTRE MOLIÈRE**

Jean-Côme Nogues
L'homme qui a séduit le soleil, Pocket jeunesse, 2008

Molière
Film de Laurent Tirard (2007) avec R. Duris, F. Lucchini et L. Sagnier

- **LIRE ET REGARDER DEVOS ET PAGNOL**

Raymond Devos
À plus d'un titre, Pocket, 2001

Raymond Devos
Les 100 plus grands sketches, DVD, 2007

Marcel Pagnol
Marius, Fortunio poche, éd. De Fallois, 2004

Marius
Film d'Alexandre Korda (1931), avec Raimu, Pierre Fresnay

Table des illustrations

2, 58 à 83	ph © BNF, Paris/Archives Hatier
8	b. : ph © Roger-Viollet ; h. : ph © Archives Hatier
9	b. : ph © Jean-Régis Roustan/Roger-Viollet ; m. : ph © Micheline Pelletier/Corbis-Sygma ; h. : ph © Roger-Viollet
12, 54	ph © CDDS/Pascal GELY/Agence Bernand
49	ph © Catarina/Stills/Gamma/Eyedea
82	ph © Prod DB © Films Marcel Pagnol/DR
87	ph © CDDS/Agnes Courrault/Enguerand
89, 92	ph © CDDS/Brigitte Enguerand
91	ph © CDDS/Tristan Jeanne-Valès
94	ph © Émile Luider/Rapho/Eyedea

Iconographie : Hatier Illustration
Principe de maquette : Marie-Astrid Bailly-Maître & Sterenn Heudiard
Suivi éditorial : Christine Delage
Illustratrice : Sandrine Martin
Mise en pages : Facompo

Achevé d'imprimer par L.E.G.O. S.p.A. - Lavis (TN) - Italie
Dépôt légal: 96311-7/04 - Septembre 2015

PAPIER À BASE DE FIBRES CERTIFIÉES

Hatier s'engage pour l'environnement en réduisant l'empreinte carbone de ses livres. Celle de cet exemplaire est de : 250 g éq. CO_2
Rendez-vous sur www.hatier-durable.fr